ダイアナ・パーマー

シリーズロマンスの世界でもっとも売れている作家のひとり。各紙のベストセラーリストにもたびたび登場している。かつて新聞記者として締め切りに追われる多忙な毎日を経験したことから、今も精力的に執筆を続ける。大の親日家として知られており、日本の言葉と文化を学んでいる。ジョージア州在住。

◆主要登場人物

マリアン・レイモンド……事務員。
リリアン……………………マリアンの叔母。
ウォード・ジェソップ……牧場主。油田王。
バド・ジェソップ…………ウォードのいとこ。
タイスン・ウェイド………ウォードの隣人。
エリン………………………タイスンの妻。

熱いレッスン

ダイアナ・パーマー
横田　緑 訳

ハーレクイン
SP
文庫

UNLIKELY LOVER

by Diana Palmer

Published by Harlequin Japan,

a Division of K.K. HarperCollins Japan, 2023

1

ウォード・ジェソップは、大きな両手をこすりあわせながら夕食のテーブルへ向かった。彼の瞳はエメラルドのような深いグリーンだ。顔だちは古代ローマの彫像のように完璧《かんぺき》で、豊かな髪は烏《からす》の羽根のように黒い。上背があり、手足が長く、イギリス人の血を引いているためか、どこか優雅さと気品が漂っている。だがウォード自身はオクラホマ生まれの生粋のアメリカ人だ。オクラホマにいた先住民、チェロキー族と、アイルランド人の血とがわずかながら流れていて、無口で頑固なところはチェロキー族の、ひどく短気なところはアイルランド人の血だった。

「ずいぶんうれしそうですね」リリアンがローストビーフとポテトとロールパンが盛られた皿を運びながら言った。

「そりゃそうさ。事はうまく運んでる。きみも聞いただろう？　祖母がここを出て、ぼくの妹のベリンダのところへ行くことになったんだ。ベリンダはほんと、ラッキーだよ」

リリアンは天井を見あげた。「わたしのお祈りが突然通じたことに、感謝してもらわなくちゃ」

ウォードはくすくす笑って、スライスしたローストビーフに手をのばした。「きみたちは仲良しなんだと思っていたけど？」

「ええ、わたしが口を閉じていて、いっぺんに五食分の料理を喜んでつくっているふりをしている限りはね」

「彼女、また戻ってくるかもしれないよ」

「それならわたし、辞めさせていただきます。彼女が四カ月いただけで、ウェイドさんの家で家政婦に雇ってもらおうと思ったくらいですからね」

「ベビーシッターのコンチータと一緒に、双子の面倒まで見させられるよ」

「子供は好きですから」リリアンはグレーの髪のひと房をさっとかきあげながら、ウォードをにらみつけた。とがった鼻と長いあご、きらきら光る黒い小さな瞳に、グレーの髪が似合っている。「ボスも結婚して、子供をつくったらいかがです？」

ウォードは濃い眉をかすかにあげた。その眉のかたちも鼻や口と同様、完璧だ。彼はハンサムだった。ちょっと誘いをかければ女性たちは喜んでついてくるだろうに、めったにデートもしない。女性を家に連れ帰ることも、女性に本気になることも決してなかった。それは、キャロラインが結婚式の直前に、彼からいとこのバドに鞍替《くらが》えしてからのことだった。

キャロラインは、バドもウォードと姓が同じジェソップだから金持だと思ったのだろう。それに、バドのほうが結婚相手としてはウォードよりも気楽だったから。だが結婚生活はわずか数週間しか続かなかった。バドのわずかな財産のうち、どれだけ自分に使えるか。それがキャロラインの最大の関心事であることにバドが気づいたからだ。ふたりは離婚し、キャロラインは目に涙をいっぱいにためてウォードのもとへ戻ってきた。しかし、ウォードの心はすでに冷めきっていた。彼は目に涙を浮かべ、キャロラインを玄関まで送った。それが彼が女性に示した最後のやさしさだった。

「子供だって？　子供ができてからのタイスン・ウェイドを見てみろよ。彼は金を自由に使える独身生活を満喫してたんだよ。それがあのモデルと結婚してすべてを失ってしまって……」

「すべてをとり戻したんです、それも利子つきでね。それから忠告しておきますけど、エリンのことをひと言でも悪く言ってごらんなさい、ただじゃおきませんからね」

ウォードは肩をすくめた。「彼女は美人だ。双子もかわいい。あの子たちはタイスンにも似てるな」

「彼はひどく粗野で、しかもずる賢かったわ。でも今はボスとも和解して、ボスが十年間求めてきた土地の借地契約も結んでくれたじゃありませんか。愛は奇跡を生むんです」リリアンは意味ありげな言葉でしめくくった。

ウォードは身震いした。「じんましんが出るからやめてくれ。ほかの話をしよう」

リリアンは一瞬迷うようなそぶりをみせた。「実は悩んでいることがあるんです」

「祖母のことだろう?」

「いえ、それよりも深刻なの」

ウォードは食べるのをやめて顔をあげた。リリアンの顔がいつになく曇っている。ウォードはフォークを置いた。「どんなことだい?」

リリアンは落ち着かない様子で話しだした。「兄の娘のマリアンのことで……。兄のベンが去年亡くなったのは覚えていらっしゃるでしょ?」

「ああ、きみもお葬式に行ったよね。奥さんのほうは何年も前に亡くなっていたんだろ?」

彼女はうなずいた。「実はマリアンと親友のベスが深夜営業のデパートのセールに行った帰りに、駐車場で男に襲われそうになったんです。ああ、なんて恐ろしい!」芝居がかった調子で声をひそめて続ける。「ふたりはほんとにひどいショックを受けて……。それが深い傷になってしまったの」ウォードの反応をうかがいながらつけ加えた。「深い精神的な傷にね」

彼は姿勢を正して聞いていた。「時間がたてば、姪御《めいご》さんも立ち直るだろう?」ためらいがちにきく。

「ええ、肉体的にはね。でも心配なのは心のほうなのよ」

「マリアンか……」彼はリリアンのお気に入りの姪の写真を見たことを思いだした。黒っぽいロングヘア、柔らかな光をたたえたブルーの瞳、そして繊細そうな卵型の若々しい顔が、鮮やかな印象として残っている。

「あの子はすごい美人というわけではありませんよ。男性とつきあった経験もほとんどないし。父親がひどく厳しくて、男性を近づけさせなかったものだから。でも今は……」リリアンは深いため息をついた。「ああ、かわいそうなマリアン」ちらりとウォードを盗み見る。「大きな自動車修理工場で帳簿づけをしているんです。従業員はほとんどが男性なの。男の人が彼女のためにドアをあけようと近づいただけで、冷たい汗がじっとりと出てくるんですって。立ち直るにはしばらく街を離れたほうがいいんですけどねえ……」

「気の毒に」心底そう思いながらも、ウォードは心のどこかで警戒していた。

「まだ二十一歳。あの子のこれからの人生はどうなるのかしら……」

「カウンセラーに相談するのがいちばんだろうな」

「でも誰とも話そうとしないんです」リリアンは早口に言って首をかしげた。「ボスが女性をどう思っているかはわかっているつもりです。でも姪をこのままほうっておくわけにはいかなくて」背筋をぴんとのばして、思いきった様子で切りだした。「ここを辞めて、姪のところへ……」

「とんでもない！　十五年もここにいたんだから、ぼくのことはよくわかってるだろ」ウォードはぶっきらぼうに言った。「航空券を送ってあげなさい」

「ジョージアに住んでいるんですけれど……」

「それがどうした？」

リリアンはロールパンをもてあそびながら、なぞめいた微笑を浮かべた。「ではありがたく。この埋めあわせはきっとさせていただきます」

「じゃあ、アップルパイを焼いてくれるかい？」

老婦人はくすりと笑った。「三十分で焼きあげます」半分の年齢に戻ったかのように、勢いよくキッチンに向かって飛びだしていった。

ウォードは複雑な思いでリリアンの後ろ姿を見つめていた。断ればよかった。ぼくも年齢のせいで人間が丸くなってきたのだろうか。

「ここのうちのベッドときたら、サボテンのとげを敷きつめたシーツよりもひどいんだから」入口のほうで不機嫌そうな声がした。ウォードが振り向くと、祖母が頑丈な杖《つえ》をつきながらゆっくりと入ってくるところだった。

「それなら馬小屋で寝たらどう？」ウォードは明るく答えた。「わらは気持いいよ」

ミセス・ジェソップはウォードをにらみつけ、杖を振り回した。「哀れな年寄りにそんな口をきくなんて！　恥を知りなさい」

「その杖の届く範囲内にいる人間なら誰であれ、哀れに思うけど。で、ガルヴェストンへはいつ？」

「わたしが出ていくのが、そんなに待ち遠しいのかい？」彼女はウォードの横の椅子に用心深く腰をおろした。

「まさか、そんなわけないだろ。おばあちゃんがいなくなると、伝染病が消えたみたいに寂しいよ」

「まったく、このカウボーイときたら。あんたは父親そっくりよ。あの子も一緒に住むのは疲れる人間だったからね」

「その点、おばあちゃんは気立てのいい、かわいらしい女性だからね」

「そのユーモアのセンスも父親譲りだね」彼女はカップにコーヒーをつぐ。「ベリンダと暮らすほうがあんたや吸血鬼の歯をした家政婦よりも楽だといいんだがね」

「吸血鬼の歯なんかしていません」ロールパンを運びながら、リリアンがきっぱりと言った。

「しています。わたしたちの時代なら、主人に口答えする者はメスキートの木につるされて縛り首になってるところだよ」

「その横ではあなたがつるされていたでしょうね」リリアンは鼻先で笑うと、部屋を出ていった。

「わたしに向かってあんなことを言わせておくつもりかい?」ミセス・ジェソップが孫につめ寄る。

「ぼくにひとりでキッチンへ行けって? 彼女、キッチンにナイフを隠し持ってるんだよ」ウォードは声をひそめ、祖母のほうへ身を乗りだした。「それに肉をミンチにする道具も持っている。この目ではっきり見たんだ!」

ミセス・ジェソップは笑うまいとしたが、たまらずにとうとう吹きだしてしまった。かわいくてたまらないというように孫の肩をたたく。「まったく、あんたときたら」

彼も笑った。「さあ食べて。すきっ腹ではテキサス州の半分までもたどり着けないよ」

「ほんとに夜の便で発《た》ったほうがいいかね?」

「夜のほうがこまないからね。それにベリンダと新しいボーイフレンドが空港に迎えに来るから大丈夫さ」

「そうだね」彼女はだんだん減っていくローストビーフの皿に目をとめた。「わたしの分は残っているのかい!」

「これはぼくの牛だよ」ウォードがグリーンの瞳をいたずらっぽくきらきらさせながら反論する。

「でもその牛の祖先はわたしの牛だったからね。だからこっちへおよこし!」

ウォードはため息をつきながら皿を渡した。祖母の顔が小さな勝利に輝いた。たまには負けてやってご機嫌をとるのもいいか。彼女が偏屈になりすぎないためにも……。

夕食後、祖母を空港まで送っていった帰り道、ウォードはマリアン・レイモンドのことを考えていた。これから若い女性と同じ家に住むのだ。彼女はまだ二十一歳で、自分はもう三十五歳。そんな子供みたいな女性を相手にするには年をとりすぎているが、どうも面倒なことになりそうな予感がする。リリアンは以前にもぼくといろいろな女性を引きあわせようとしたことがある。あのときはまったく閉口した。口出ししないでほうっておいてくれればいいのに。

やがて彼の白い優雅なクライスラーは、テキサス州ラビーン近くのハイウェイに入った。ゆっくり車を走らせながら、ウォードは牧場の先にそびえる石油掘削装置を眺めた。それはすべて彼のものだ。ここに至るまでの道程は長くつらいものだった。父は油田を見つけることを夢見ていたが、それに成功したのはウォードだった。彼は友人とともに金を借りられるだけ借り、そのすべてをつぎこんで一発勝負に出て石油を掘りあてた。その友人とはずっと前に別れてしまった。ウォード・ジェソップは、ことビジネスに関しては打算的で無慈悲な人間だった。厳しく、非情で、彼の敵のなかには、彼が飢えている未亡人から情け容赦なく担保の家をとりあげたと噂《うわさ》している者もいる。その話が正しいわけではなかったが、それに近いことがあったのはたしかだった。

子供のころの彼は、ひどく惨めだった。母のせいで一家は蔑《さげす》まれてきたのだ。母は牧場の生活に退屈して、ふたりの子供を夫としゅうとめのもとに残したまま、隣家の主人とかけ落ちした。母は父と離婚したのち再婚したが、ただの一度も子供たちに会いに来なかった。ラビーンのような小さな町で、スキャンダルにまみれて暮らすのは容易なことではない。秋のある日、父はライフルを持って出かけたまま、ふたたび戻らなかった。

遺書はなかった。遺体は父の車のそばで発見された。その手には妻のものだったリボンが握りしめられていた。ウォードは父の死を今でも忘れられない。その原因となった母を今でも許すことができない。

そしてキャロラインの甘い罠《わな》にかかったとき、ウォードは決定的な教訓を得たのだった。彼は女性を憎むようになった。女性に心を動かされそうになるたびに、彼は母とキャロラインのことを思いだした。

もうきみのことをほしくはない。そう告げたときのキャロラインの顔を思いだすのは快感だった。キャロラインは彼に抱きついていた。大きな瞳は愛らしく、背中に流れるブロンドの長い髪はシルクのようにつややかだった。だが彼が彼女に見たのは美しさではなく、醜悪さだった。そのとき、もう二度と女性には近づくまいと思った。失敗からしっかりと学んだのだ。もう決してあんなばかなまねはしない。そう自分自身に言い聞かせた。

ウォードは車をスリーフォークス牧場の長い道へ乗り入れた。道の両側には樫《かし》の木立が並んでいる。彼はこのみずみずしく広大な土地の歴史に思いを馳《は》せてほほえんだ。ぼくはきっと子孫を残すことなく死ぬだろう。だが死が訪れるまで、人生を楽しめばいいのだ。そして、ふと思った。タイスン・ウェイドの土地で油田が見つかるかもしれないと思って、土地を借りる契約を結んだ。彼はそのことを後悔していないのだろうか。タイスンとは昔から土地の境界線や、石油掘削装置など、あまりに多くのことでいがみあってきた。憎みあうようになったそもそものきっかけさえ忘れてしまったほどだ。

タイスンは結婚してからすっかり人が変わった。人間が丸くなり、すぐに大声で怒鳴っていた昔の面影はまるでない。エリンのような美人が彼と結婚したこと自体驚きだ。彼はウォードから見ればつまらない男だったが、彼にもきっと隠れた魅力があるのだろう。

ウォードはそう思って心からの笑みを浮かべた。昔の敵が少しばかり幸せになったことを妬《ねた》む気はまったくなかった。いずれにしても、タイスンから土地を借りることができたのだ。新たな始まりの予感がする。タイスンとは和解したし、それにあの偏屈な祖母に牧場から出ていってもらうこともできた。ウォードは家へ向かいながら声を出して笑った。そして自分の笑い声が耳に届いたとき初めて、最近心から笑ったことがないことに気づいた。

2

サンアントニオ空港に着いたマリアン・レイモンドは、急に不安にかられた。空港からラビーンまでは途方もなく遠い。叔母のリリアンの話だと、牧場から誰か迎えに来るはずだ。でも、もし誰も来なかったら？　マリアンはブルーの瞳をきょろきょろさせてあたりを見回した。ミスター・ジェソップ、気の毒なおじいさん。気の毒で、そして勇敢な人。不治の病に冒されて余命いくばくもないという。叔母は彼に最後の日々を楽しく過ごさせてあげたくて必死なのだろう。マリアンは喜んで協力するつもりだった。さいわい、休暇をとるのがのびのびになっていたので、勤務先の自動車修理工場の工場長は一週間ほど休みをくれた。ミスター・ジェソップは陽気な若者をそばにおいて、回想録を書きあげる手伝いをさせたがっているそうだ。

マリアンにとっては願ってもないことだった。将来は小説家になるつもりだったから。今も毎晩少しずつ書きためている。その小説は都会に住む女性がギャングに襲われ、それが原因で夜な夜な悪夢に悩まされるというものだった。最近、電話でその話をすると叔母がとても興奮したので、マリアンは不思議に思った。今までの叔母の関心事は彼女を結婚させることで、それ以外の話題にはほとんど興味を示さなかったからだ。だが今回ラビーンへ行く理由はただひとつ、気の毒なお年寄りのミスター・ジェソップのためであって、叔母もまさか彼と結婚させようとはしないだろう！

マリアンは髪をかきあげた。今は肩の長さに切りそろえて、毛先を内巻きにしている。ワンピースはブルーと白のストライプ柄の、シンプルなデザインだ。手には一週間分の洋服をつめた小さなボストンバッグをさげている。

マリアンの目がふと、ひとりの長身の男性に引きつけられた。こと男性に対しては内気な彼女が、その彼を見つめないではいられなかった。見あげるような大きなからだはたくましく鍛えられていて、肌は小麦色に日焼けしている。グレーのスーツと白い開襟シャツに身を包み、はいているブーツは光沢のあるグレーだ。まっ黒な髪の上に載せたグレーのカウボーイハットの角度は、顔の表情と同じく傲慢《ごうまん》そうだ。そして、まわりの者が思わず道をあけてしまいそうな自信に満ちた歩き方同様、ひどく威圧的でもある。手ごわそうで、セクシーな男性。自分の小説の主人公にぴったりだ。強さとやさしさを兼ね備え、傷ついたヒロインをふたたび幸せな世界へ導く男性……。

彼はマリアン以外には目もくれず、彼女に近づいてきた。彼が目の前でとまり、彼女は思わずボストンバッグを握りしめた。彼女も背は高いほうだったが、それでも見あげなければならなかった。彼の瞳のグリーンは氷のように冷たい。

「マリアン・レイモンドだね」自信に満ちた、ゆったりとした話し方だ。

マリアンはあごをあげ、静かに答えた。「ええ。スリーフォークス牧場の方ですか？」

「ぼくがスリーフォークス牧場さ」彼がマリアンの荷物に手をのばした。「さあ、行こう」

「いいえ」彼女はバッグを引っこめて、彼をにらんだ。「あなたの名前と行き先を聞くまでは一歩も動きません」

彼は眉をつりあげた。「ウォード・ジェソップだ。これからきみをリリアンのいる牧場に連れていく」マリアンの驚いた顔を横目に、不機嫌そうに札入れをとりだして免許証を見せた。「満足かい？」だが彼はすぐに自分を恥じた。彼女には神経質になる理由がある。それなのに、こんなきつい言い方をするなんて……。

「ええ……」この彼が余命いくばくもないウォード・ジェソップ？　マリアンはあっけにとられ、言われるままにバッグを渡すと、彼のあとについて空港を出た。

彼の車は大きなクライスラーで、シートはワイン色の革張りだった。設備は最新式で、助手席の人間にシートベルトをするよう警告を発することもできる。

「こんな車、初めてだわ」シートベルトをしながら、反抗的な態度を抑えようと努めて言った。彼はとてもつらい状況にいる気の毒な人なのよ。それを忘れてはだめ。

「かわいいやつさ」彼はエンジンをかけた。「食事はすんだのかい？」

「ええ、飛行機の中ですませたわ」それから、広い直線の道路に出るまで、彼女は両手を膝に置いたまま黙っていた。牧草地には色とりどりの野生の花々が咲き乱れ、家も木もほとんどなく、見えるのは限りなく続くフェンスと草を食《は》む牛たちの姿だけだ。

「テキサスにはあちこちに油田があるのかと思っていたけれど」外の景色を見ながらつぶやく。

「あそこにある、大きな昆虫みたいな施設はなんだと思う？」彼は車のスピードをゆるめて、ちらりとマリアンのほうをうかがった。

「油井かしら？　でも、エッフェル塔みたいな大きなやぐらはどこにあるの？」

彼は柔らかな笑い声をたてた。「まったく、これだから東部の人間は困る。やぐらを建てるのは石油を掘りあてるときだけ。そのあとは使わないんだ」

マリアンは彼にほほえみかけた。「あなただって生まれたときからすべて知っていたわけじゃないでしょ、ミスター・ジェソップ？」

「そりゃそうだ」彼はシートの背に大きなからだをもたせかけた。

マリアンはその姿をまじまじと見つめた。とても健康そうで、もうじき死ぬようには思えない。

「自分の油田を持つまで何年間も石油掘削場で働いていたんだ」

「危険な仕事なんでしょ？」

「そう言われてるね」

マリアンは古代ローマの彫像のような横顔を眺めながら、彼を絵に描《か》いた人はいないのかしらと思った。それから、自分が彼を見つめていることに気づいて、あわてて景色に目を移した。季節は春。いっぱいに枝をのばした木々は、柔らかくみずみずしい新緑におおわれていた。

「あそこの木はなんという名前なの？」

「メスキートだよ。うちの牧場にもたくさん生えてるけど、葉にはさわらないことだ。長いとげがあるからね」

「ジョージアにはない木ね」

「だろうな。ジョージアには桃と木蓮《もくれん》と、お上品でちっぽけな牧場があるくらいだもんな」

マリアンは彼をにらむ。「アトランタにはお上品でちっぽけな牧場なんてないわよ。代わりにとっても洗練された街があって、外国からも観光客が大勢押しかけてくるのよ」

「からまないでくれよ」彼はマリアンに鋭い視線を投げた。「こっちは朝からきつい仕事をしてきたんだ。言いあいをする気分じゃない」

「わたし、自分が大人になってからは、大人に服従するのをやめにしたの」

ウォードはあざけるように彼女を見た。「きみはまだ大人じゃない」

「今月、二十二歳になるわ」

「ぼくは先月、三十五歳になった。きみがあと四歳上だったとしても、ぼくにはやっぱり子供だね」

「お気の毒な、お年寄りだこと」彼女の彼への同情はだんだん薄れていった。

「どうも変わった客のようだな、ミス・レイモンド。きみが行儀のいい口をきくように、スープにかみそりでも入れておいたほうがよさそうだ」

「わたし、あなたのこと好きじゃないみたい」

「ぼくは女性が好きじゃない」その声の響きは彼の瞳と同じように冷たかった。

彼にはわたしが来た理由がわかっているのかしら。きっとリリアン叔母さんは彼にすべてを話しているはずだわ。マリアンは唇を噛《か》んだ。わたしってなんて礼儀知らずなのかしら。彼は叔母さんにわたしを寄こすように頼んで、飛行機のチケット代まで払ってくれたのに。わたしの役目は彼を勇気づけて、回想録を書く手伝いをして、残された日々を少しでも楽しくしてあげること。それなのにわたしときたら、さっきから彼を気むずかしい独裁者みたいに扱って、意地悪で思いやりのないことばかり言っている……。

「ごめんなさい」彼女はしばらくして言った。

「なにが?」

「ごめんなさい」マリアンはまた繰り返した。「チケットまで買ってくださったのに、わたし、飛行機をおりてからずっと、いやみばかり言って……。リリアン叔母さんからなにもかも聞いています」ウォードがいぶかしげな表情をしたが、無視して続けた。「わたしをここへ呼んでよかった、そう思っていただけるように、なんでもします。毎日あなたのお手伝いをします。できる範囲で、ですけれど。わたし、男の人があまり得意ではないから……」恥ずかしそうに言いそえた。

笑みこそもらさなかったが、ウォードの心は多少なりとも和んだようだ。

「わかるよ」少したってから彼は言った。

きっと叔母さんが彼に、わたしがどんなふうに育てられたのか話したんだわ、とマリアンは思った。

「でも、その点に関してはぼくはまったくもって安全な人間だ。きみの年ごろの女の子には全然興味がないからね。きみは赤ん坊みたいなものさ」

なんて神経に障る人なの。マリアンはウォードの日に焼けた顔を見据えた。「こちらも短気な石油屋のおじさんに興味はないわ。念のため」

「言ってくれるね」彼が驚いた目をしてつぶやく。「それほどの年じゃないよ」

「関節が痛むんじゃありません？」

彼は笑った。「寒い朝だけさ」スリーフォークスへ続く道へ入ると、彼は車のスピードをゆるめた。「お嬢さん、おたがいに口には気をつけよう。リリアンを心配させたくないからね」

マリアンはウォードを安心させようと、うなずいた。なんといっても、彼は気の毒な病人なのだ。「ええ、そうね」

彼がグリーンの瞳を細めて彼女を見つめた。「かわいそうに、あんな経験をしたなんて……」

あんな経験ってなにかしら？「叔母は強い人だけど、年寄りには違いないものね」

「ぼくたちが口喧嘩《くちげんか》をしたことも、リリアンには内緒だよ」ウォードはギアをバックに入れて、車を家の前に寄せた。「きっと心配するからね。彼女、三十分も言いよどんだあげく、仕事を辞めると脅して、きみをここに来させたいことをほのめかしたくらいなんだ」

「まあ……」マリアンの胸は熱くなった。「叔母さんは本当のレディなのね。人のことを心の底から思いやっているのよ」

「ぼくが同じ屋根の下で一緒に暮らせる女性は、祖母をのぞいたらリリアンだけさ」

「おばあさまも家にいらっしゃるの？」ヒマラヤ杉でできた大きな家へ向かいながら、彼女がきいた。

「さいわい、先週出ていったよ。彼女があと一日でもいたら、ぼくとリリアンのほうが出ていってたよ。祖母はぼくとあんまりにも似ているものだから、短いあいだしか一緒にいられないんだ」

「すてきなおうちね」ウォードがドアをあけると、マリアンが言った。

「ぼくは好きじゃない。前の家が焼けたとき、妹がつきあっていたのが建築家で、その彼が設計したんだ。いわゆる前衛建築家でね、ジャクジーつきのバスタブは床に埋めこまれてるし、家の中には川まである。夢遊病者にとっては悪夢だよ。リビングルームで溺《おぼ》れ死ななきゃならないんだから」

マリアンは吹きだした。「なぜ途中でやめさせなかったの?」

「そのころはカナダにいたからさ」彼はそれ以上詳しい説明はしなかった。キャロラインに裏切られて、心の傷を癒《いや》すために大自然の中で暮らしていたことも、そして落雷で家が全焼したのち、どんな家を建てるかなどまったく無関心だったことも。

「でもすてきよ」彼女が言いかけたとき、リリアンが両腕を広げて現れた。マリアンはその腕の中に飛びこみ、久々に心の安らぎを覚えた。

「まあ、元気そうじゃないの」リリアンがため息をつく。「旅はどうだった?」

「ミスター・ジェソップに迎えに来ていただいて、とても感謝しているわ」マリアンはウォードのほうを向いた。「本当にありがとうございました。お疲れになったんじゃないかしら」

「どうして?」彼が不思議そうにきく。

「いえ、ボスが最近とてもお忙しいってこと、伝えておいたんですよ」リリアンがあわてて言った。

「さあ、中へ入って、マリアン」

「バッグはぼくが運ぶよ」彼は釈然としない様子でふたりのあとから家の中へ入っていった。そこはすっきりとしたモダンなつくりだった。

　マリアンはうっとりとした。家はとてつもなく広く、たくさんの部屋がある。その多くが直接ベランダへ出られるようになっていて、ベランダからは家のまわりに植えられた日よけの木々が見渡せる。

「あなたが彼の病状を知っていることは彼には内緒よ」マリアンの寝室のある二階へ案内しながら、リリアンが警戒するようなまなざしで言った。「まさか、言ってないでしょうね？」

　寝室からは階下のプールが見渡せた。プールの先の平坦《へいたん》な牧草地では、牛たちが草を食んでいる。

「ええ、もちろんよ。でも彼が回顧録を書くのをどんなふうにお手伝いすればいいの？」

「それはこちらで考えるわ。彼、あなたがここへ来たわけをきかなかったでしょ？」

　マリアンはため息をついた。「彼はわたしのほうがここへ来たいと頼んだと思っているみたい。それに、わたしが彼のことを恐れていると思ってるの。そんなことは全然ないのに。とくに、あの深夜営業のデパートでのことがあってからは」

「そのことも内緒にしてちょうだい」リリアンが哀れっぽく頼んだ。「彼が知ったら……そのう……ショックでしょ。ショックを与えてはいけないのよ。致命的なことになりかねないわ!」

「言わないわ、絶対に」マリアンは約束した。「それにしても、彼、もうじき死ぬにしてはとても元気そうね」

「自分にとても厳しい人なのよ。苦しみを他人に見せたりしないの」

「勇敢な人ね」マリアンはため息をついた。

リリアンは小さくほほえんで、目をそらした。

「妹さんはこの家が好きだったの?」荷物をほどき終わったマリアンは、キッチンでリリアンの手伝いをしていた。

「ええ、でもボスはここを嫌ってるのよ」

「妹さんも彼に似ているの?」

「見た目は全然。でも性格はそっくりよ。ふたりとも短気で頑固だものね」

「彼には男性の秘書がいるって、叔母さん、言ってたわね?」

「ええ、デビッド・メドウズ。若くて、仕事もできるけど、秘書と呼ばれるのは好まないの」彼女はにやりとした。「本人は副社長だと思ってるのよ」

「覚えておくわ」

「彼がいなくなったらボスも困るわ」リリアンはパイ用のりんごを四つ割りにした。「デビッドは経理から電話の応対、スケジュール調整まですべてをやっているの。ボスは契約のためにほとんど外を飛び回っているのよ。近ごろは石油の仕事も大がかりになってきてね、先週はサウジアラビアだったし、来週は南米へ飛ぶのよ」

「そんなに出張が続いたら疲れるでしょうに。危険じゃないの?」

一瞬リリアンは目を伏せたが、すぐに顔を輝かせた。「いいえ、お医者さんは、彼にはそのほうがいいと言ってるわ。仕事をしていれば気も紛れるでしょ。でも、彼は病気のことは自分からは決して口にしないの。徹底した秘密主義者よ」

「すごく冷たい人みたいね」マリアンは考え深げに言った。

「それは表面だけ。ほんとは温かくてやさしい王子様よ。さあ、パイを仕上げましょ。あなたのつくるパイの味は最高、わたしのよりもおいしいわ」

「ママから教わったの。ときどきママのことが恋しくなるわ。とくに秋になるとね。よく一緒に紅葉を見に山へ出かけたっけ。亡くなってからもう八年になるのね。パパが亡くなってからはひとりぼっち。だから叔母さんがいてくれてほんとにうれしいわ」

「忙しくしてることよ」姪《めい》の言葉に胸を打たれ、リリアンはしわがれた声で答えて顔をそむけた。「過去を振り返ってもなんにもならないもの」

そのとおりだわ。マリアンは現在のことを考えようとした。ウォード・ジェソップはいやみな人だけれど、気の毒だわ。これからの一週間、彼を怒らせないですむといいんだけれど。彼を手助けしたい。もし、彼がそうさせてくれるのなら。

ウォードを呼ぶためにキッチンを出たマリアンは、カラーライトに浮かびあがる川を見て目を見張った。いたるところに植物が飾られている。それは幻想的で美しい〝庭〟だった。川はリビングルームの中央を文字どおり流れ、人がゆうに泳げる幅があった。

彼女はその風景に見とれながら、絨毯《じゅうたん》の上を後ろ向きに進んだ。そのとき、ふいに温かくてかたいものにぶつかった。

水しぶきのあがる大きな音と、激しい罵声《ばせい》が響いた。振り向いたマリアンの顔がさっと青ざめる。

「まあ、ミスター・ジェソップ、ごめんなさい」彼女は両手で顔をおおった。

ウォードはずぶ濡《ぬ》れだった。水面いっぱいに浮かんでいた蓮《はす》の葉の一枚が、まっ黒な髪の上に載っている。あごから下は水中だったが、それでも彼はとてつもなく大きく、とてつもなく怒っているように見えた。彼が唾《つば》を吐き、目をしばたたいた。

「なんてこった」ウォードは小麦色の顔に危険な表情を浮かべ、稲妻のように素早く川からあがって、カーペットを水で濡らした。

マリアンは一目散に逃げだした。「リリアン叔母さん!」長い廊下をかけぬけ、多少なりとも安全なキッチンへと突進する。

ペタペタという足音と呪《のろ》いの言葉がすぐ後ろまで迫っていた。

「叔母さん、助けて！」マリアンはスイングドアからキッチンへ飛びこんだ。

スイングドアはあわてふためいている人間が力まかせにあければ、反対方向へ勢いよく戻るものだ。だがマリアンにはそれを考える余裕はなかった。ドアは当然のこととして、呪いの言葉を吐いているずぶ濡れの男性を襲った。ドスンという不気味な音に続いて、食器が落ちる音がした。

リリアンは、目を大きく見開いている姪を見た。「まあ、マリアン」姪の身になにか恐ろしいことが起きたのは一目瞭然《いちもくりようぜん》だった。

「ミスター・ジェソップを助けなくては」マリアンはためらいがちに口にした。

「お祈りするしかないかもしれないわ」リリアンは不安げにつぶやいてエプロンで手をふくと、慎重にダイニングルームへのスイングドアをあけた。

ウォードは食器のかけらの中から起きあがろうとしていた。スーツはびしょ濡れで、大きなからだの下には水たまりができている。顔は怒りでまっ赤だ。彼はドアから半分だけのぞかせているマリアンの顔をにらみつけながら、椅子につかまってゆっくりとからだを起こした。

「ボス、とてもいい子なんですよ」リリアンが口を開いた。「彼女のことをよく知ってくだされば、わかると思います」

彼は胸を大きく上下させながら、濡れた髪をいまいましそうにかきあげた。「夕食のあとで人と会わなければならないんだぞ。これ以外のスーツは全部、今日の午後クリーニングに出してしまった。このスーツで泳ぐとは思ってもみなかったからな」

「わたしたちで乾かして、アイロンもかけられるといいんですけれど……」リリアンがつぶやく。

「ぼくだって、このいまいましい出来事を忘れられればいいとは思うが」彼はリリアンをにらみつけた。「どんなことをしたって埋めあわせできないぞ!」

リリアンはすうっと息を吸いこんだ。「焼きたてのアップルパイにアイスクリームをつけて召しあがりませんか?」

彼は首をかしげ、唇をすぼめた。「焼きたて?」

「焼きたてです」

「アイスクリームをつけて?」

「ええ、そうです」

ウォードは濡れた肩をすくめた。「それなら考え直してもいい」くるりと背を向けると、水をしたたらせながら廊下へ出ていった。

リリアンは呆然《ぼうぜん》としている姪を見つめた。「さあ、なにがあったのか説明してくれる?」

「わからないの。食事ができたことを知らせに行く途中、あのきれいな川に見とれていたの。で、気がついたら彼が川の中に落ちていたの。たぶん彼にぶつかったんだと思うわ」

「あんな大きな男性の姿が見えなかったなんて」リリアンは首を振ると、クローゼットからほうきとちりとりをとりだした。

「後ろ向きに歩いていたから」

「そう、二度と同じ間違いをしないことね。アップルパイのことを持ちださなければ、わたしだってあなたを救えなかったわよ」

「ええ」マリアンはすまなそうに答えた。「ああ、叔母さん、わたしのせいで彼がかぜでも引いたらどうしよう」

「なにを心配してるの。彼はタフだから大丈夫よ。いえ、今のところはね」

マリアンは安心してほっと息をついた。すると、それまで押し殺していた感情や思いが頭をもたげてきた。ウォード・ジェソップほど男っぽい人は見たことがないわ。その彼がもうじき死ぬなんて……。川からあがったときの恐ろしい顔も、そして彼から逃げるとき感じたこの胸のざわめきも、きっといつまでも忘れないわ。男性から追いかけられるのは初めての経験だった。男性に対しては内気な彼女だったが、ウォードに感じたのは恥じらいではなく、自分が女性であるという自覚だった。それも彼女にとって初めての経験だった。

3

「わざとつき落としたんじゃないんです」ウォードがダイニングルームに姿を現すなり、マリアンは訴えた。

彼は入口に立ち、はるか上のほうから彼女を見おろした。ストレートの黒髪はすでに乾いていて、ぬれたスーツはジーンズとブルーのチェックのシャツに替えられていた。グリーンの瞳は先ほどよりは少し和らいでいるようだ。

「これからは前方を注意していただけるとありがたいな、ミス・レイモンド」

「わかりました」

「ボスに言いましたよね、あの川をつくるのはやめたほうがいいって」リリアンがにやりと笑う。

ウォードはリリアンをにらみつけた。「そんなことを言うなら、今すぐ泳ぎを教えこむぞ」

「はい、ボス！」リリアンは残りの料理をとりにキッチンへ姿を消した。

「すみませんでした」マリアンは小声でもう一度あやまった。

「ぼくのほうこそすまなかった。きみを怖がらせてしまったね」グリーンの瞳が静かに彼女を見つめた。

マリアンは意外な言葉に驚き、そして彼のまなざしにどぎまぎして、靴に目を落とした。

「いいえ、頭に蓮《はす》の葉を飾っている男の人では、そうは怖がれませんから」

「よけいなお世話だ」彼は低い声で言うと、椅子を引いて座った。

「川のまわりに柵《さく》をしたほうがいいと思います」マリアンも彼の向かい側の椅子に腰をおろした。彼女の瞳は何週間かぶりに楽しげに輝いていた。

「きみも救命胴衣をつけたほうがいい」

マリアンはウォードに向かって舌を出してみせた。彼の濃い眉がゆっくりとあがる。

「まったく、きみは命知らずだな」

「あなたのこと、怖くなんかないもの」

「リリアンはそうは言わなかった」

彼女はまばたきをした。「なんのこと？」

「リリアンはきみが男性恐怖症だと言っていた。そのう……きみと友人が遭遇した一件のせいで」

彼女はまたまばたきをした。叔母さんは彼にどんな話をしたのかしら。あんな太りすぎのちんぴらにバッグを引ったくられたぐらいで、男性恐怖症にはならないわ。それにその男を追いかけてバッグをとり返して、警察が来るまでその男の上に馬乗りになっていたし。

「ねえ、マリアン」リリアンが大声をあげて部屋へ飛びこんできた。顔がまっ赤だ。「あれはいまわしい経験だったわね！」

「いまわしい？」

「そう、いまわしい！」リリアンが叫ぶ。「今、その話はできないでしょ」

「できない？」

「そうよ、食卓ではね。ボスの前ではだめ！」彼女はウォードに向かって二、三回激しく首を振った。

「叔母さん、首の具合でも悪いの？」マリアンは少し心配になってきた。

「いいえ、どうして？　さあ、フライドチキンとマッシュポテトよ」リリアンは姪《めい》の前に皿を置き、それからは食事が終わるまでずっと、小声でなにやらぶつぶつつぶやいていた。

「叔母さんの様子がどうも変だと思うんだけれど」リリアンがコーヒーをとりにキッチンへ行くと、すぐにマリアンは言った。

「ぼくもそう思う。二、三日前から妙なんだよ。でも気がつかないふりをしていたほうがいい。あとで話しあおう」

彼女は心配そうにうなずいた。リリアンはマリアンとウォードをふたりだけにしておくのを恐れているかのように、すぐに戻ってきた。やはりどこかおかしい。

「わたし、そろそろ寝るわ」コーヒーを飲み終わると、マリアンはちらりと叔母に目をやった。「疲れちゃったの」

「そうだな」ウォードがうなずく。「やすんだほうがいい」

彼女は叔母にキスした。「じゃあ、また明日の朝ね」そしてウォードを見る。「おやすみなさい、ミスター・ジェソップ」

「お休み、ミス・レイモンド」

マリアンは二階の寝室へ引きとると、窓辺に腰をおろし、木の柵をめぐらした無人のプールと、その先に広がる牧場を眺めた。牧場はゆるやかに起伏し、牛たちがそこここでゆったりと動いている。緑がかった霞《かすみ》が春の気配を感じさせた。やがてドアをたたく小さな音がして、ウォードが部屋の中に入ってきた。

「ドアはあけておいたほうがいいかい？」彼はためらいながらきいた。

彼女は驚いてウォードを見つめた。「どうして？　わたしがあなたを襲うとでも？」

ウォードが彼女を見つめ返す。「あんな経験をしたあとじゃ、きっと……」

「あんな経験？」

「デパートでのことだよ」彼はドアをしめた。グリーンの瞳にとまどいが浮かんでいる。

「それでわたしのことを怖がっているわけね。でも、あなたは少し弱虫よ、ミスター・ジエソップ。わたし、あなたを傷つけたり絶対にしないわ」

ウォードは息を吸いこんだ。「なんだって？」

「だから、わたしを怖がることはないってこと。叔母さんは少し大げさに言ったんでしょうけど、わたし、黒帯ではなくてただの赤帯だし。それに警察が来るまで馬乗りになってただけで、殴ったりもしなかったし……」

彼はマリアンをまじまじと見た。「馬乗りになったたって、きみがかい？」

「ええ、叔母さんは言わなかった？　ベスとわたし、そのちんぴらを追いかけて、バッグをとり戻して、それからちょっと痛めつけてやったのよ」

「襲われたんじゃなかったのか？」

「そう言えないこともないわね。バッグを引ったくられたんだから。わたしが空手を習っていたことを知らなかったのね」

「なんてことだ」ウォードは叫んだ。「リリアンの大嘘《おおうそ》つきめ！」

「嘘つきですって？」マリアンはかっとして言い返した。「叔母さんはあなたのためにやったのよ」

「ぼくのために？」

「そうよ、わたしをここへ呼んだのだって、あなたの最後の願いをかなえるために……」

彼女は言いよどんだ。「叔母さんはあなたの不治の病のことをすべて……」

「不治の病だって?」ウォードが大声でき き返す。

「あなたはもうじき死ぬんでしょ」

「ああ、いつかは死ぬさ」

「そんなに強がらなくても……」マリアンはためらいがちに続けた。「叔母さんから聞いたわ。あなたには回想録を書く手伝いをする人間が必要だって。わたし、いつか小説家になるつもりだから……」

「ふん、それなら叔母さんの死亡記事を書く練習でもしておくんだな」ウォードはドアのほうをにらみつけた。「ぼくをだますなんてただじゃおかない」ドアへと向かう。

「だめ! だめよ!」マリアンは追いかけ、彼の前に回りこんでドアにぴたりと背中をつけた。「通さないわよ」

「ほう、おもしろい」ウォードはマリアンの腰をつかむと、自分の目の高さまで彼女のからだを引きあげた。「心やさしい天使さん」

「おろしてよ、おろしてくれなければわたしがあなたを……あなたを押し倒すまでよ」

ウォードはあざけるようにブルーの瞳をのぞきこんだ。「やってみろよ。赤帯の腕前を見せてくれ」

マリアンは彼を倒そうと、インストラクターに教わった技のすべてを試みた。だが彼のパワフルな手につかまれていては、ただもがくばかりで、ばかにしたようなほほえみに向かって息をはずませることしかできなかった。

「まいったでしょ?」やがて彼女はふくれ面で言った。

「全然。もう終わりかい?」

マリアンは最後に蹴《け》りを入れようとしたが、それもなんなくかわされた。「オーケー」疲れたようにため息をつく。「これでおしまいよ」

「次からは」ウォードは彼女を床へおろしたが、両手は彼女の腰をつかんだままだ。「やっつけるつもりの相手が自分と同じレベルだと思いこまないことだ。ぼくは黒帯だよ」

「地獄へ落ちればいいんだわ!」

「汚い言葉もこの家では厳禁だ」ウォードはマリアンのお尻をぴしゃりとたたいた。「働いている職場の環境が悪いのか、どうもしつけがなってないな」

「わたし子供じゃないわ! 大人よ!」

「いや、違うね」彼は薄ら笑いを浮かべて、マリアンを抱き寄せた。「でも、きみが大人になる手助けはできるかもしれない」そう言うなり、自分の口を彼女の口に押しつけた。

マリアンにとってはまったくのふい打ちだった。ウォードの唇は温かくて荒々しく、彼女の口を無理やり開かせて舌先をさし入れようと執拗《しつよう》に動いた。彼の息はコーヒーとミントの香りがした。大きくて温かなからだが彼女を圧倒する。

抗《あらが》おうとしたが、息が苦しいほど強く抱きしめられている。顔をどちらへそらしても、そこには彼の顔があり、挑発的でセクシーな口にすぐに唇を捕らえられてしまう。

両脚が震えだした。動悸《どうき》が激しくなり、からだが熱を帯《お》び、奇妙なうずきが全身を襲う。息がつまり、胸が苦しい。マリアンは未知の感覚に怯え、抵抗しようとした。だがウォードはさらに強く、さらに荒々しく、さらに無慈悲に彼女のからだを抱きしめてキスを続ける。ついに彼女は麻薬のような甘美な味に抗うのをやめて、かすかな吐息をもらした。全身から力がぬけていく。

「口を開いて、マリアン」彼は唇で彼女の口にふれては、ひと言ひと言、言葉を切りながら、ハスキーな深みのある声でささやいた。

マリアンは従った。からだがますます熱くなる。両手で彼の腕をまさぐる。彼の肌にふれたかった。彼のシャツを開き、その胸にさわりたかった。

そのとき、マリアンは自分の大胆さにはっとしてわれに返った。同時に、彼のキスが飢えた荒々しいものに変わろうとしているのに気づいた。彼の腕から逃れようともがく。

ウォードは頭をあげ、短く息をした。そしてマリアンのからだを放すと、なかばからかうように彼女を見つめた。「ほんとにうぶだね」その言葉にはかすかに責めるような調子があった。「きみはまだ、愛しあい方も知らないんだな」

マリアンの口からは言葉が出ない。彼女は息を大きく吸いこみ、ようやく言葉を絞りだした。「フェアじゃないわ」

「どうして？　ぼくを蹴ろうとしたのはきみだよ」

「そんなことを言ってるんじゃなくて……紳士でしょ」マリアンはまだ息がはずんでいた。

「あいにく、紳士じゃないんだ」ほほえみながらも、ウォードのグリーンの瞳は冷たく光っていた。自分の肉体が危うく暴走するところだったことに気づいたのだ。彼女は危険だ。早くここから追いださなければ。そう思ういっぽうで、彼女の無垢《むく》な情熱をもっと味わいたくもあった。心が乱れた。「きみがここに呼ばれた理由はもうわかったろう？」ばかにしたような口調できく。マリアンが首を振るのを見て、彼は続けた。「きみの叔母さんは、きみとぼくを結婚させたがってるのさ」

マリアンの瞳が大きく見開かれた。「あなたと結婚ですって？」

ウォードはからだをこわばらせた。彼女の言い方は、まるでぼくとの結婚は拷問だとでもいうようではないか。「これでもぼくと結婚したがっている女性は大勢いるんだぜ」

「その全員がマゾヒストね」マリアンはいまや、彼の態度も、あの予想もしなかった彼のキスの熱さも、すべてを屈辱と感じていた。「叔母さんがそんなことするはずは……」

「したんだよ」ウォードは冷たい笑みを浮かべて彼女を見つめた。「でもぼくはきみには年上すぎるし、疲れすぎている。だからジョージアに帰ってくれ、できるだけ早く」

「ええ、すぐに出ていくわ」彼女はかすれた声で言った。「あなたみたいな男性の腕に抱かれて目覚める気はないもの」

「ほめていただいてありがとう」

「わたしが求めているのはパートナーなのよ。支配者じゃないわ」彼女の声は震えていた。

「わたし、男の人のことがちっともわかっていなかったのね」

「こりたのかい?」ウォードが挑発する。

「あなたが怖いのよ」彼女はあとずさりしながら言った。「これからは同じ年ごろの人たちとつきあうことにするわ。愛しあい方もきっとこれから覚えられると思うの」

ウォードはマリアンの率直さに驚きながらも、ほほえんだ。「きみって本当にかわいいね」

「子どものかわいさなんでしょ。あなたみたいな経験豊かな方には、わたしは幼すぎるのよね」

ウォードは考えこむ表情になった。「そのきみに誘惑されるかもしれない」

「とんでもない。あなたがわたしを誘惑して、わたしは妊娠して、リリアン叔母さんはここを辞めて、わたしも出ていかなければならなくなって、子供は父親の顔を知らないまま大きくなって……」

ウォードは目を丸くして、くすくす笑った。「すごい想像力だな」

「言ったでしょ、作家になりたいって。あなたが不治の病なんかじゃないとわかったからには、荷物をまとめて十分以内に出ていくわ」

「リリアンが悲しむだろうな」自分でも思いがけない言葉が、ウォードの口をついて出た。

「わたしには関係ないわ」

「きみの叔母さんだよ、大いに関係あるさ。今すぐに出ていったら、彼女はきっと……」

「きゃあっ！」

階下で悲鳴がした。ふたりは顔を見あわせ、すぐに部屋を飛びだした。リリアンが階段の下で仰向けになり、片脚を不自然に曲げてうなっていた。

マリアンはウォードのあとから階段をかけおりた。「叔母さん……」悲しげに、叔母の青ざめた顔をじっと見つめた。「どうしてあんなことを?」

「あんなこと?」リリアンはうめいた。「ああ、脚が……」

「叔母さん、わたしここを出て……」

「キッチンに行くんだ、そうだろ?」ウォードはあわてて言うと、マリアンに目くばせした。「皿が出しっぱなしだから、ね?」言いながら思った。これで、彼女がなぜぼくの心を乱すのか、その理由を知る時間ができた。そのあいだに彼女をきれいさっぱり忘れることもできるはずだ。今のぼくなら、キャロラインのときのようにマリアンに夢中になることはない。そのことを自分自身に証明しなければならない。

マリアンは息を吸いこんだ。ウォードに合わせたほうがいいのだろうか?「え、ええ、そう。お皿よ。あれはわたしが洗うわ！」彼女は快活に言った。

「どうやら……しばらくのあいだ、手伝ってもらわなければならないわね。もし、あなたさえかまわなければ」リリアンがあえぎながら言った。

ウォードは救急車を呼びに電話口へかけだした。

「かわいそうに」マリアンはため息をつきながら、リリアンのしわだらけの手を握った。

「いったいどうしたの、階段から落ちるなんて」

「ボスの姿が見えないものだから……彼がもしかして……あなたがもしかして……」リリアンは咳払《せきばら》いをした。「彼の……病気のこと、なにも話してないわね？」

マリアンは迷い、それから心の中で十字を切った。神様ごめんなさい、嘘をついて。

「もちろんよ。彼とは牧場の話をしていただけ」

「ああ、よかった」リリアンはからだの力をぬいた。「脚の骨が折れたみたいだわ」戻ってきたウォードを見あげて言う。「ボス、おばあさまに来ていただくしかないと思いますけど……」

ウォードはリリアンをにらみつけた。「とんでもない！　やっと彼女から解放されたんだ。それにその必要はないよ」腰をかがめて、リリアンのもう片方の手を握る。「姪御さんが食事の支度をしてくれるんだろ？」彼はマリアンを見やった。

「でも、わたし……」

「ええ、もちろんですよ」リリアンは満面に笑みをたたえた。「そうよね、マリアン？

あなたにはそう……立ち直る時間が必要ですものね、あのいまわしい経験から」そして、意味ありげに姪を見ながら、頭だけウォードのほうへ向けた。「ほら、例のデパートでのこと」

「ああ、あのいまわしい経験ね」マリアンはうなずき、ウォードにちらりと目をやった。

ウォードの口の片端があがり、瞳がきらりと光った。「それほどひどかったわけじゃないだろ？」

「いいえ、ひどかったんです！」リリアンが大声で否定する。

マリアンはブルーの瞳でとがめるようにウォードを見た。「でも、あなたはわたしのことを追いだしたいんじゃない？」

「そうなんですか、ボス？」リリアンが泣きだしそうな顔できいた。

「まさか、とんでもない」彼はマリアンにほほえみかけた。「彼女のことでは、ちょっとした計画があってね」

計画。それこそ今のマリアンにとって大きな問題だった。叔母の嘘のおかげでとんでもない状況におちいってしまった。これからどうすればいいのかしら？　それにしても、なぜウォードはわたしをここに置きたがるの？　まあ、気にすることはないわ。叔母が以前に教えてくれたところでは、彼は女性嫌いだそうだし。だから結婚もしていないのよ。もう二度とわたしを誘惑したりしないはず。でも……。

マリアンはとまどった目でウォードを見つめた。さっき彼のキスが飢えたように荒々しくなったのをはっきりと感じた。いくら経験のないわたしでも、そのくらいわかる……。

ウォードのグリーンの瞳がマリアンを挑むように見つめ返した。彼は心の内でつぶやいた。彼女はここにとどまることになった。うまく扱って、本性をあばきだしてやる。彼女もきっとキャロラインと同じさ。賭《か》けてもいい。無垢であっても女性にはかわりない。女性はすべて不誠実で打算的なんだ。もし彼女の仮面を引きはがすことができたら、そして、もし彼女もほかの女性と同じだと証明できたら、この予想外の性欲からも自由になれる。性欲。もちろん、彼女に感じているのは性欲だけだ。

ウォードはリリアンを許していた。彼女が階段から落ちたおかげで、この計画がうまくいくことになったのだ。そう、うまくいくに決まっている。

4

リリアンはラビーンの小さな病院の一室にいた。検査が必要になったのだ。脚の骨折のためではなく、救急治療室で測った血圧の数値のためだった。

「叔母さん、よくなるかしら」医者が説明をしに来るのを待ちながら、マリアンはウォードにきいた。ふたりはその夜、ずっと待合室にいた。ウォードは廊下を歩き回ったり、コーヒーを飲んだりしていたが、マリアンはじっと空をにらんでいた。心配でならなかった。リリアンは最後の肉親だ。彼女がいなくなれば、マリアンはひとりぼっちになってしまう。

「彼女は強い人間さ」ウォードは上の空で答えて、腹だたしげに腕時計を見た。「いつまで待たせる気なんだ！　こんなときたばこでも吸えたら、少しは気が紛れるんだろうが」

「たばこ、吸わないの？」彼女は驚いて尋ねた。

「あれには我慢ならないね。肺を煙だらけにするなんてまっぴらだ」

「でもお酒は飲むんでしょ？」

「酔っ払うほどは飲まない。たまにウイスキーの水割りか、白ワインを飲む程度だよ」

「わたしは一滴も」

「そりゃそうだろう。まだ酒を飲む年齢じゃない」

「父がよく言ってたわ、お酒は年齢じゃなくて、人生経験だって」

「どの程度経験を積んでるの、お嬢さん？　ぼくから見ればほんの子供にしか思えないけど」

彼女の顔が怒りでまっ赤になった。「はっきり言っておくけど、ミスター・ジェソップ……」

「ミスター・ジェソップ」こだまのように、またウォードの名前が呼ばれた。手にクリップボードを持った若い当直医がやってくる。彼はウォードと握手をし、短く紹介されたマリアンに会釈をした。

「心配ありません。でも検査のために一日入院していただきたいんです。彼女はおかんむりですけど、それがいちばんだと思います。血圧が異常に高いんですよ。軽い発作を起こしたために階段から落ちたのかもしれませんし」

マリアンは青くなった。「まさか、そんな」

「その疑いがあるだけです」若い医師はにこやかに言った。「階段でバランスをくずした原因はいろいろ考えられます。外耳炎だって原因になりますからね。だから検査をしてはっきりさせたいんですよ。ただ、はっきりしてることがひとつあります。彼女、高血圧の薬をのんでいないんです」

ウォードとマリアンはけげんそうに目を見あわせた。「彼女が高血圧の薬をもらっていたなんて、初耳ですが」ウォードが言った。

「でしょうね。二、三週間前にドクター・ブラッドリーが診断したんですが、彼女は処方された薬さえ受けとっていないんですから」医師はため息をついた。「診断を死の宣告だとでも思っているようです。ばかげた考えですよ。薬さえきちんとのんでいれば、命にかかわるような病気ではないんですからね」

「これからはきちんとのませます」マリアンが約束した。「ステーキにまぜてでも、のませます」

若い当直医はにやりとした。「ペットを飼った経験は？」

「ええ、猫を」彼女は正直に答えた。「その猫に薬をのませるには、だますしかなかったんですよ。タオルでぐるぐる巻きにするのは別としてね」

ウォードが彼女をにらんだ。「病気の動物をだますなんて」

マリアンは眉をきっとあげた。「じゃあ、あなたならどうするの？」

「口をこじあけて薬を喉に押しこむのさ」彼はこともなげに言った。反論しようとしたマリアンに向かってつけ加える。「五百キロもある牛をタオルでぐるぐる巻きにするわけにはいかないからね」

若い医者はくすりと笑い、マリアンは愛想のない牧場主をにらみつけた。

「いずれにしても、薬はわたしがかならずのませます。でも五百キロの牛じゃあるまいし、喉に押しこむようなまねはしませんけど！」

「検査の結果はいつわかるんですか？」ウォードが尋ねる。

「明日の午後早い時間には検査を終えて、それからドクター・ブラッドリーと検討しますから、午後四時までに来ていただければお知らせできます」

「ありがとうございました、ドクター……？」

「ジャクソンです」彼はにこやかに答えて、マリアンに言った。「あまり心配しないで。彼女は意志の強い女性ですから」

　ふたりが病室をのぞくと、リリアンはベッドの背に寄りかかったまま、腹だたしげに目をぎらつかせていた。「ひどい話！」ふたりが病室に入ってくるなりわめいた。「あの人たち、服を返してくれないのよ。このアイスボックスの中にひと晩中わたしを監禁するつもりなんだわ。しかも食事も毛布もくれないんだから」

　マリアンはやさしく笑い、叔母のやせた顔にキスをした。「先生は心配ないっておっしゃってたわ。ただ、あと少し検査をしたいんですって。じきにここから出られるわよ」

　この言葉にリリアンは少し安心した様子だったが、きらきら光る小さな黒い瞳が、たしかめるようにウォードを見た。彼なら嘘《うそ》はつかないと信じているのだ。「わたし、ほんとに問題ないんですか?」

「高血圧の発作を起こした可能性もあってね」彼はマリアンの狼狽《ろうばい》した視線を無視して、続けた。「検査はそのためだ」

リリアンはため息をついた。「そう、そうだったの。わかりました」それから、瞳をぱっと輝かせた。「わたしがいないあいだ、仲良くしてくださいね」

ウォードにはリリアンの心の内が読めた。首をしめてやりたかったが、まさか病人にそんなことはできない。早く元気になってもらわなければ。彼はマリアンにちらりと目をやって言った。「彼女、休暇のあいだ事務の手伝いをしてくれるそうだ。すてきだろ?」

リリアンがいかにもうれしそうに、大きな声で答えた。「ほんとにすてきだわ!」

マリアンは叫びだしたい気持を抑えて、笑顔をつくった。「ええ。おもしろそうな仕事だと思って、食事の支度やお掃除の合間に手伝わせていただくことにしたの」

リリアンの顔がとたんに曇る。「こんなことになって、ほんとにごめんなさい」

「すぐによくなるさ。すまないなんて思う必要はないよ。でもひとつだけ言っておく。階段から落ちたのが血圧のせいかどうか別にして、これからは薬をきちんとのむんだ。ぼくが厳しく監視するからね」

「わかりました。これからはお医者さんの言葉を守ります」

「うん、それがいい」ウォードはこっくりとうなずいた。「医者は外耳炎だって原因になると言ってた。だから発作のことはあまり心配しすぎないほうがいいよ。階段から落ちる前に失神したかい？」

リリアンはため息をついた。「いいえ、ちょっとめまいがしただけです」

ウォードはにっこりした。「じゃあ大丈夫だな」

「ええ、きっと。さあ、もうふたりは帰って」リリアンはつぶやいた。「眠らせてちょうだい。なんの薬だったか知らないけど、効いてきたわ」ふたりがいとまを告げると彼女は目を閉じたが、彼らがドアから出ていきかけたとき目をあけた。「マリアン、ボスはミルクを少しだけ入れたスクランブルエッグがお好きなの。それにコーヒーはあまり薄いのはだめ」

「わかったわ。早くよくなってね、叔母さん。わたしには叔母さんしかいないんだから」

「わかってるわ」ドアがしまると、リリアンはため息をついた。「だからとても心配してるのよ」

だがふたりにはその言葉は聞こえなかった。

マリアンは車へ向かうあいだ、ずっとぷりぷり怒っていた。

「お医者さんの話を叔母さんに言っちゃうなんて」車が駐車場から出るなりウォードをにらみつけた。

「彼女のことをよくわかってないようだな」彼は言い返すと、渋滞している道路へ車を乗り入れた。

「わたしの叔母よ。よくわかってるわ！」

「彼女はきみが考えているような人間じゃない。ぼくと同じ人種さ。ぼくはたとえつらいことであっても本当のことを知りたい。彼女もそうさ。本当のことを隠しても、彼女のためにはならないよ。あとで知ればそれだけショックが大きくなる。ぼくは嘘が大嫌いだ。嘘ほど嫌いなものはない！」

ウォードがそんなふうに考えるのには理由があるのだろう。だがマリアンは彼にそのことを根掘り葉掘り聞いて、私生活を詮索《せんさく》する気はなかった。

ただ叔母がこのとんでもないお見合いを企《たくら》んだわけはやっとわかった。彼女は自分がもう長くないかもしれないと思い、姪《めい》の将来のことが心配でならなかったのだ。でも、だからといってこんな男性と一緒にさせようとするなんて、ほとんど犯罪だわ！　彼はどんな男性よりもわたしを怯《おび》えさせる。彼の体格や乱暴な態度が怖いのではない。彼と関係を持つこと、彼に誘惑されて、ごみのように捨てられるのが怖いのだ。

ウォード・ジェソップは結婚生活に向く男性ではないわ。女性といっとき楽しんで、平気で別れられる人よ。彼は女性を嫌っていて、すべての異性に復讐《ふくしゅう》してやりたいんだわ。同じ屋根の下に住んで耐えられるのは祖母とリリアンだけだと言っていたじゃないの。彼の虜《とりこ》にならないように充分に気をつけなくては。なぜって、彼にとっては恋愛なんてただの遊びで、わたしはその遊びの最初の一歩すら知らないんだもの。

牧場へ戻ると、マリアンはすぐに部屋へ引きとり、弱虫な自分に情けなくなりながらも、部屋のドアに鍵《かぎ》までかけた。彼がなにかするとは思わないけど、念のためよ。彼女はそう自分に言い聞かせた。

翌朝、マリアンは夜明け前に目が覚めた。ベッドで叔母のことをあれこれ心配したくない。そう思って起きだし、ジーンズとイエローのプルオーバーに着替えて朝食をつくりにおりていった。

彼女はこの家が大好きだった。部屋を流れる川もなにもかも気に入っていた。キッチンも明るく広々していて、最新の道具がすべてそろっている。

コーヒーの準備をし、ベーコンを焼き始める。コーヒーの香りがキッチンを満たすころには、パンもオーブンに入れ終わり、大きくてエレガントなダイニングテーブルのセッティングにとりかかった。

「なにをしてるんだい？」ウォードが戸口から声をかけた。「食事ならキッチンでいいのに」

マリアンは飛びあがり、そして振り向いた。ウォードはグレーのシャツに袖《そで》を通しているところだった。彼の胸は……信じられない。筋肉質の完璧《かんぺき》なからだだ！　顔と同じ小麦色で、広い胸板には筋肉が波打っている。彼女はぽかんと口をあけた。

「口をとじたら？　蠅《はえ》が入るよ」ウォードはくすくす笑った。

マリアンはあわててテーブルのほうを向き、震える指で食器を並べた。自分の若さと未熟さを呪《のろ》い、それをからかっている大男を呪った。「ごめんなさい、わたし、半分裸の男の人に慣れていないものだから」

「それなら十分前のぼくを見ればよかったのに。ベッドの中ではぼくは素っ裸だからね」

マリアンの顔がまっ赤に染まった。彼女は唇をとがらせ、ナイフとフォークをテーブルに置いていく。

すぐ後ろにウォードが来た。そのぬくもりが感じられる。彼がマリアンの肩をやさしく抱いた。

「フェアじゃなかったかい？」

「ええ。あなたのためにおいしい朝食をつくっていたっていうのに」

ウォードの口もとに笑みが広がった。「ベーコンの香りかな？」

「それにパンとオムレツとハッシュブラウンとコーヒーよ」彼女は顔をあげて、ちらりとウォードを見た。

「じゃあなにをぐずぐずしてるんだい？　早く食事にしてくれ！」

そのときマリアンは悟った。彼は食べることが生きがいなのだ。食べさせておけば機嫌も直るし、人をからかうのもやめる。それにわたしが川につき落としたときのアップルパイのように、人を攻撃するのだってやめる。こんな手ごわい男性にも有効な武器があるんだわ。彼女は胸を撫《な》でおろして、料理をとりに行った。

ウォードはものも言わずに食べた。マリアンの父のように新聞を読むこともしない。彼女は興味津々で彼を見つめていた。

彼が眉をあげた。「なにか気になるのかい？」

「別に」マリアンは照れくさそうに笑った。「父以外に朝食を食べている男性を見たことがないものだから。父はいつも新聞を読みながら食べていたの」

「ぼくは食事のときは読まない」ウォードはパンの最後のひと切れを口に入れると、それをコーヒーで流しこみ、ポットからもう一杯コーヒーをついだ。それから椅子にもたれかかって、マリアンの目をまっすぐに見つめた。「ぼくの胸を見てとまどったのは、どうしてなんだい？」

思いがけない質問に、マリアンは頭のてっぺんから爪先まで熱くなった。そのとき、火をもって火を制するという古いことわざがひらめいた。「美しかったからよ、男性の美しさそのものね」

ウォードはしばらくその言葉を考えてから、にやりと笑った。「嘘がへただね」

「時間のむだだと思うわ」マリアンは立ちあがった。「食べ終わったのなら、片づけるわよ」

マリアンはウォードの前の皿をとり、キッチンへと行きかけた。だがウォードの大きな手、それもとてつもなく大きな手が彼女の手首をつかんだ。

「男性にふれるといつも手が震えるのかい？」彼が静かに尋ねた。

「そんなことないわ」彼女はうろたえた。「もうじき二十二歳だもの。キスだって何回かしたことがあるわ！」

「それじゃ足りないな。それにキスの仕方をちゃんと知ってる相手じゃなかったんだろう」ウォードはマリアンを抱き寄せる。だが抵抗するのを感じて、彼女を膝に乗せる直前でやめた。「どうしてぼくを怖がるんだい？」

「怖がってなんかいないわ！」

ウォードの指がマリアンの手首をやさしく愛撫《あいぶ》する。彼女がぴくりと反応し、ウォードは驚いた。これまで知っているどんな女性も、こんなふうな反応はしなかった。彼女自身がどう否定しようと、マリアンは本当に無垢《むく》な女性なのだ。油田を賭《か》けたっていい。

「落ち着いて」ウォードはやさしく言った。自分が男性であることを強烈に感じていた。

「きみを傷つけたりしないよ」

彼女は顔を赤らめ、ウォードの手を振り払おうとする。けれど、彼のほうがはるかに力があった。「お願い、放して。わたし、こういうゲームの仕方を知らないの」

ウォードの親指がマリアンのてのひらをそそるような仕方で撫でる。ぞくぞくするような感覚が手から全身へ伝わっていく。

「ゲームをするのはずっと昔にやめたし、それにバージンとゲームをしたことは一度もない。なにを恐れているんだい、マリアン？」

やさしく名前を呼ばれて、マリアンの胸は思春期の少女のようにときめいた。「あなたは女性を憎んでいる」ほとんどつぶやくように言うと、マリアンは彼のグリーンの瞳を見据えた。「あなたの中には感情も、深い思いもなにもないのよ。ときどき、憎悪の目でわたしを見ているわ」

ウォードはそのことに気づいていなかった。彼は手もとに目を落とす。日焼けした自分の手の中で、彼女の手がきわだって白く見えた。「昔、苦い思いをしたことがあるんだ。だから二度と同じ思いをしたくない」

「それなら、この手を放して」

ウォードはマリアンの手をぐいと口もとへ引き寄せ、その手に柔らかな湿った愛撫を加えた。彼女の全身がかっとほてる。

「どうしてやめさせようとしないんだい？」

ウォードが目をあげた。グリーンの瞳は熱を帯び、欲望にぎらついている。その貪欲《どんよく》な視線にとらえられて、マリアンのからだは新たな渇望と新たな好奇心とに震えた。

「きみの知らないことを教えてあげるよ」低くささやくと、彼はマリアンを膝に座らせようと引き寄せた。「激しいレッスンになりそうだ。きみのからだにふれていると、ぼくは火山になる……」

ウォードの飢えた口もとに、激しい欲望が見えた。もし彼がその口でわたしの口をふさぎ、わたしの肌にふれたら、いったいどうなるかしら？

強く、抑えがたい欲望がわきあがってくる。彼の息づかい、自分の心臓の乱れた鼓動……。マリアンはウォードの膝に腰を沈めた。彼のかたい腿はゆっくりと波打ち、両手はパワーに満ちていて、からだからはコロンの濃厚な香りがたちのぼってくる。じっと見つめるグリーンの瞳が、きみがほしいと訴えていた。

マリアンは息を荒らげ、彼を求めて唇を開いた。彼の手が肩にかかり、頭が引き寄せられた。そのとき、玄関のドアがあく音がした。

5

「おはようございます」明るい声とともに赤毛の若者が入ってきた。彼はマリアンの顔が赤いのにも、ウォードの呼吸が乱れていることにも気づかないようだ。

「おはよう、デビッド」ウォードのからだはうずき、しゃべるのがむずかしかった。「仕事にかかる前にコーヒーでも飲むかい？」

「いえ、けっこうです。実はちょっとお願いがあってうかがったんです」若い秘書は照れくさそうにほほえんだ。「そのう……ぼく、結婚しまして」

ウォードは口をぽかんとあけた。いつも冷静沈着、頭の中は数字でいっぱいの彼も、こんな計算違いをするのだろうか。

「結婚したって？」

「ええ、急な話なんですけど。彼女、とてもかわいい子で、ほかの男にとられやしないかと気が気じゃなかったんですよ。それで、あのう、二週間ほど休暇をいただきたいんです。ぼくがいなくても大丈夫でしょうか？」デビッドはためらいがちに尋ねた。「もしほかの人間を雇われるとしたら、それはそれで仕方ないと思います」

「行ってこいよ」ウォードはぼそりと答えた。「ぼくのほうはなんとかするから」椅子に座ったままからだの位置を変える。「結婚祝いはなにがいい？」

デビッドの瞳がぱっと輝いた。「二週間の休暇です」

「わかった、了解したよ。さあ行った、行った。結婚の話は消化に悪い」

デビッドはすっかり有頂天の様子だ。「ありがとうございます！」

「いいんだよ。じゃあ、二週間後にまた」

「はい！」デビッドは紹介されてもいないマリアンにほほえみかけると、部屋を飛びだしていった。

「計画が狂ってしまった」ウォードが不機嫌そうにつぶやいた。「郵便物をどうしたらいいんだ？」

マリアンは呆然《ぼうぜん》とした。「彼、結婚したのよ？」

「だから？　彼女が必要なのは夜だけだ」

「女性差別だわ！」

「なにを怒ってるんだ？」いらだたしげにきく。「彼のせいでおしまいまでできなくて欲求不満なのかな？」

マリアンは乱暴に皿とナイフ、フォークを重ねると、ひと言もしゃべらずにキッチンへ運んだ。

あとを追ってきたウォードは、半分ふざけているような、半分すまなそうな表情で入口に立ちふさがった。広い額には髪が落ちかかり、とてもハンサムだった。マリアンは彼に見とれそうになる自分を必死に抑えた。

「タイスン・ウェイドの土地の油田を見に出かける。電話の扱いはわかってるかい？」

「もちろんよ」彼女は壁の電話まで行くと、抑揚のない声で始めた。「これが受話器で、電話が鳴ったら受話器をとって、ここに向かって話して――」

「やめてくれ！　株のことからパーティーへの招待、重役会議の知らせまで、一日中いろんな電話がかかってくる。それを言ったんだ！」

マリアンはさっと前髪をかきあげた。「わたしだって、十八歳のときから働いてます」

「じゃあタイプは打てる？」

「スケジュールの調整をして、手紙の返事を書いて、叔母さんの世話をして、そのうえ食事の支度も掃除もさせるつもり？」

彼は眉をひそめた。「きみにできないなら人を雇うよ、料理人とメイドと看護師と秘書と……」

マリアンは叔母のことを考えて、ウォードをにらんだ。「見ず知らずの人間を大勢家に入れれば、わたしたちはふたりきりじゃなくなるわ。年老いた叔母さんを悲しませたいの？」

ウォードは心ならずも笑ってしまった。「それはまずいな」グリーンの瞳がきらりと光った。「ぼくたちを引き離すような行為は、神様が禁じていらっしゃる」マリアンのほっそりとしたからだにゆっくりと視線を這《は》わせる。

マリアンは狼狽《ろうばい》した。「油田の点検に出かけるんでしょ？」

「ああ、でも」ウォードは腕組みをした。「今はきみを見ていたい」

「見られたくないわ」彼女は顔をそむけた。

「きみの反応が好きなんだ。ぼくが近づくと、きみのからだは震えだす。さっきもしキスをしてたら、途中でやめられたかどうか、ぼくには自信がないな。だからきみ、ぼくをその気にさせないように気をつけたほうがいい。ぼくのほうも、自分がベッドで最高だってことをきみに示さないように注意するつもりだよ」

彼のあからさまな言い方に、マリアンはびっくりした。泡のついた両手をシンクの上でとめて、彼のほうを見る。「最高ですって？」考える間もなく、言葉が口をついて出た。

ウォードはゆっくりうなずくと、彼女の目を見た。その顔は真剣そのものだ。「男ってものは感情がなくてもセックスができるのさ。でも、そんなセックスは肉体が満足するだけの話で、それほどいいものじゃない。そのことをきみもしっかり覚えておくことだ、わかったかい？」

「ええ」目を見開いたまま、マリアンは答えた。

その表情に、ウォードは目を細くした。「誰かとこういう話をしたことはないのかい？」

「両親は早くに亡くなってしまったし……。知りあいの女の子たちはたいてい、たくさんの男性と関係を持っているけれど……わたし、愛していない人とそういうことは……できなかったの」

なんて無垢《むく》なのだろう。ウォードはマリアンの顔を見つめ、そしてバージンと寝た経験がないことに、今さらのように気づいた。そう、ひとりも、ただのひとりもぼくはバージンを知らない。もし、これまでほかの女性たちにふれた仕方で彼女の肌にふれたとしたら……。その場面がありありと浮かび、ウォードのからだはひどく興奮した。だがさいわい、彼女ならぼくの反応に気づきはしないだろう。

「今どき珍しい考え方だね」ウォードは深く考えもせずに口にした。

マリアンの瞳が曇った。「男の人たちはタイプや電話番を頼むとき以外、わたしに近づこうとしないの。わたし、変わり者だと思われてるのよ」

「いろんな男性と寝ないから？」

「ええ」マリアンはゆっくりとほほえんだ。「でもある女性と結婚して、その女性から昔の恋人たちのことをあれこれ聞かされたとしたらどうかしら？　自分の男性としての魅力に不安を感じるかもしれないわ。それに、奥さんが妊娠したときに、本当に自分の子供だろうかと疑いを持つことにならない？　いろんな男性と寝るのが平気だった女性は、結婚したあとだって、やっぱり平気かもしれないもの」

マリアンのひと言ひと言に、ウォードの心は揺さぶられた。キャロラインはいろいろな男性とベッドをともにしていた。恋人は彼ひとりではなかったのだ。あとになって知ったのだが、少なくとも彼の仕事仲間ふたりと寝ていた。ウォードは顔をしかめた。そう、ぼくも彼女が複数の男性と寝ていたことが気になってはいたのだ。気になっていたことに、今初めて気づいた……。

「わたしはどうせ堅物よ。だから幸せなオールドミスになって、エリザベス一世みたいだと言われて死んでいくの」

「もし結婚しなかったら、の話だろ」

マリアンが悲しげに笑った。「近ごろの男の人は、自分と寝ていない女性とは結婚しないわ」ウォードに背を向け、洗いものを始める。ウォードの顔に一瞬悲しみの色がよぎったことに、彼女は気づかなかった。「自分を哀れむ気はないけれど、事実には目を向けなくちゃね」彼女は静かに続けた。「わたしは美人じゃない。十人並みってところね。やせすぎているし、男の人とふざける仕方も知らない。あなたが言ったように、わたしは男女のことに関しては未熟よ。そういうことをすべて考えあわせると、どうしても幸せなオールドミスになるわけ」シンクの上の窓から外を見る。「そう、オールドミスになって薔薇《ばら》の花を育てるわ。あと、百日草やペチュニアやハイビスカスや……」

ウォードはもう聞いていなかった。彼女に見とれていたのだ。黒っぽい髪がつややかに輝いている。写真で見たように、長くのばしていればよかったのに。たしかに彼女は美人というわけではないが、ユーモアのセンスは抜群だし、真実をずばり言ってのける強さがある。

だがウォードは、彼女に惹《ひ》かれているとは認めたくなかった。マリアンにキスすると少年のようにからだが震えだす自分がいやだった。彼女のことはきっぱり心の中から追い払わなければ。

「出かけるよ」ウォードはそっけなく言うと、肩でドアを押した。「三時半には戻るから、一緒に病院へ行こう」

「それまでに病院へ電話をかけてみるわ」

「好きにすればいい」ウォードは怒ったように言って出ていった。

マリアンはきょとんとしたまま、しばらく立ち尽くしていた。おかしな人、そして、危険な人……。それから彼女は朝食のときのできごとを忘れようと、くたくたになるまで懸命に働いた。

ふたりが病院に着くと、リリアンはベッドの脇《わき》に、洋服を着て座っていた。

「さあ、わたしをここから出してちょうだい！　ギプスもつけてもらったし、階段から落ちた原因も副鼻腔の炎症だとわかったし、血圧を低くするとかいうお薬ももらったわ。ぐずぐずしてると窓から飛びおりちゃうから」

「それをつけたままかい？」ウォードは彼女の片脚をおおっている分厚いギプスにあごをしゃくった。

「ええ、つけたまま。マリアン、わたしが本気だってことを彼に言ってちょうだい」

マリアンは笑いをこらえた。「どうやら本気のようね」

「わかったよ。先生はどこ？」

「じきに見えるわよ」リリアンが答えた。

「ちょっと見てくる」ウォードは病室からさっと出ていった。

「どうだった？」リリアンが切りだす。

「どうって？」

「ゆうべはふたりっきりだったじゃないの！　彼、なにかしようとした？」

「そうね、誰かに電話しようとしてたけど、つかまらなかったみたい」

リリアンはじれったそうに姪《めい》を見た。「そうじゃなくて、彼が言い寄ったかどうか聞いてるの」

「いいえ」マリアンは嘘《うそ》をついた。

リリアンはがっくりしたようだった。間もなくウォードが戻ってきた。三時半に帰宅したときと同様、不機嫌で近づきがたい雰囲気だ。

「先生に会ったよ。心配ないそうだ。階段から落ちたのも発作ではなかったそうだ」リリアンに向かって言う。「退院の手続きもすませた。さあ行こう」

「でも車椅子が必要よ……」マリアンが言いかけた。

彼はマリアンに叔母のバッグを渡すと、楽々と彼女を抱きあげてドアから出ていった。

リリアンの部屋は、スリーフォークスの家の一階にあった。彼女はふたりの強硬な反対にも耳を貸さず、すぐにキッチンへ入って夕食の支度を始めた。

「病院へ戻りたいのかい？」ウォードは両手を腰にあててリリアンをにらみつけた。「ベッドで寝ているんだ！」

「脚が折れたって料理はつくれます。動かないのは手じゃないんですからね」

彼は腹だたしげに鼻を鳴らした。「マリアンに任せればいいじゃないか」

「マリアンはあなたあての手紙の返事を書いているんでしょ。彼女だってなにもかもはできませんよ。デビッドがいないんだし……」

「デビッドのやつ、結婚なんかしやがって！」

リリアンがウォードをにらんだので、彼は仕方なく、なにかぶつぶつつぶやきながら事務室へ行った。

マリアンはコンピューターのワープロと格闘していた。間違った箇所がなかなか消せないのだ。操作方法が複雑で、カーソルを一字分戻すのさえ容易ではない。頭が変になりそうだ。

「まったくきみの叔母さんときたら」ウォードが文句を言いながらドアをしめた。「椅子に座ってパイをつくってるんだぜ。もうお手あげだよ」

「そんなことだと思ったわ」マリアンはこともなげに言った。「叔母に料理をやめさせるなんて、あなたの胃が許すはずないもの」

ウォードは彼女をにらんだ。「どうなってる？」

マリアンはため息をついた。「タイプライター、お持ちじゃない？」

「いつの時代だと思ってるんだい？　きみの職場ではどんな道具を使ってるの？」

「手動のタイプライターよ」

「なに？」

「手動のタイプ……」

「空耳じゃなかったんだな。なんてこった」

「わたしが雇われるまでは、社員はみんな手動のタイプライターを最新の機械だと思っていたのよ。タイプライターが手書きの仕事をすべて駆逐してしまったの」

「ぼくは最新の機械で仕事をしている」彼はコンピューターを指さした。「これは電動のタイプライターよりもさらに速い。時間の節約になるんだ。使い方を知ってると思ってたよ」

「ええ、スイッチの入れ方は知ってるわ」彼女は明るく答えた。

ウォードはマリアンの後ろに立って画面をのぞきこんだ。「たったこれだけしか打ってないの?」

「まだ一時間しか座ってないもの。このスロットになにを入れたらいいのか、なかなかわからなくて時間をとられてしまったの」

「フロッピーディスクを入れるんだよ」

「そうみたいね。それにしてもこれ、ワープロじゃなくて核兵器のつくり方の説明書よね」彼女はマニュアルを脇へ押しやった。「わたしにはちんぷんかんぷん。使い方、教えてくださる?」明るいブルーの瞳でウォードを見あげた。

彼は一瞬、言葉を忘れた。マリアンのまなざしは池の氷を溶かす日光のように、彼の血を溶かした。

「教えてくださる?」マリアンは彼のグリーンの瞳をうっとりと見つめながら繰り返した。

彼の大きな手がマリアンの頬を撫《な》で、親指が口の輪郭をなぞって口紅を台なしにした。

その甘い刺激に彼女は息をのみ、唇を開いた。

「なにを教えるんだい、マリアン?」

ウォードの顔が近づく。細められた彼の目が強い光を放っている。愛撫《あいぶ》を受けた彼女のからだは弓なりになる。全身がかっと熱くなり、マリアンは自分の熱情に圧倒されてウォードを見あげた。彼のキスがほしい。

ウォードがゆっくりと上体をかがめた。酔わせるようなコロンのにおい、彼の息のコーヒーとミントの香り。彼のかたちのいい唇が期待するように開き、そこからまっ白な歯がのぞいた。彼女の乳房は震え、うずきだす。

「肌が熱いね」ウォードはささやくと、マリアンの頬を撫でながら、顔をさらに近づけた。「燃えているのがわかるよ」

マリアンの両手は彼の肩の上にあり、白いシャツを通してたくましい筋肉が感じられた。シャツのボタンは一部がはずされていて、たまらなくセクシーだ。彼の唇が口にふれる。彼女は彼のかたい筋肉に短い爪を食いこませた。

「噛《か》んでくれ」ウォードがかすれた声でささやくと、巧みに口を動かしてマリアンを誘った。

彼女はなにも知らなかった。だがウォードにもっと続けてほしくて、彼の期待に応《こた》えようとした。ウォードが口をあけ、マリアンは彼の下唇をとらえて噛んだ。彼は喉の奥でやさしい笑い声をたてると、彼女の頬から肩へ、さらに腕からウエストへと手をすべらせる。そして彼女にキスを続けながら、手で花柄のブラウスの裾《すそ》をたくしあげ、ゆっくり、じらすように肋骨《ろっこつ》のあたりを愛撫し始めた。

　強烈な快感だった。マリアンのからだに火がつき、彼女は小さく震えた。こんな激しい感覚があるなんて、こんなに自分が感じやすいなんて……。もうやめることなどできなかった。「ああ……」マリアンの口から悩ましげな声がもれた。

「シャツを脱がせてくれ」ささやきかけると、ウォードはマリアンの手をボタンの上へ導き、やさしく促すようにしながらボタンをはずさせた。

　両手が彼のかたい筋肉にふれる。マリアンははっと息をのんだ。こんなふうに男性の肌にふれたのは初めてだった。

　ウォードがゆっくり、熱っぽく力を加えながら、マリアンの下唇を噛む。ひどく刺激的だ。「ベルトのところまで、爪でなぞってくれ」

　マリアンが従うと、ウォードのからだは震え、彼は柔らかなうめき声をもらした。自分が彼を興奮させられることが、マリアンにはうれしかった。自分が女性であることを強く意識した。今まで経験したことのない感覚だった。

　ウォードの手がふたたび動きだした。だが今度は肋骨よりも上の部分だった。その手はあくまで繊細に、じらすように、そそるように、マリアンの肌を撫でる。彼女の爪がウォードの肌をやさしく愛撫しているあいだに、彼の手は胸にまで届き、彼は指先でブラジャーの上から乳首のまわりにふれた。

マリアンは身震いし、未知の感覚におののきながら、ブルーの瞳を大きく見開いてウォードを見あげた。彼の手首をつかむ。だが快感と罪の意識のあいだで心は揺れ、彼女の手はそこでとまったままだった。

「これも初めてなのかい?」

「ええ」

それを聞いて、ウォードのなかに彼女を守ってやりたいという強い衝動が芽生えた。自分が男であることを強く感じる。マリアンの口にそっとキスをした。「リリアンもいるし、そんなに大胆なことはできないよ。でも、ぼくもきみと同じくらい興奮している。きみの肌にふれたい、きみの反応を感じて、きみにもぼくの反応を感じてほしいんだ」彼女の柔らかな胸にふれる。「ぼくは初めてじゃない。教えさせてくれ。約束するよ、危険なことなんてしない、今、この場ではね」

「ああ、でも、こんなことするべきじゃ……」マリアンの声の調子は言葉を裏切っていた。

「悪いことをしてるなんて思わないで。これは愛のゲームだ。男と女は人類の誕生のときからずっとこんなふうにしてたんだよ。ぼくは人間だ、そしてきみもそうだ。欲望を持つことは恥ずかしいことでもなんでもないんだ」

それは誘惑者の決まり文句だ。だが今のマリアンにはそんなことは考えられなかった。彼女はウォードの指を求めてからだをそらした。そうしないではいられなかった。彼の指の刺激的な動きに魅了されていた。ああ、もっとふれられたい……。

ウォードはマリアンの下唇を噛んで軽く引っ張り、そして、かたくなった乳首をブラジャーの上から指先でやさしくつまんだ。

マリアンは声をあげた。その声はドアの外まで聞こえていただろう。だがウォードは彼女の思いがけない激しい反応に夢中になりながら、彼女の口をキスでふさいだ。彼女のからだの震えが、彼を狂おしくかりたてる。ウォードはマリアンをソファに横たえ、服を脱がせにかかった。白くなめらかな肌が次第にあらわになる。彼はブラジャーのホックをはずした。

マリアンは身震いしながら目をあけた。その瞳は熱を帯び、彼を見るまなざしは驚きとよろこびとに満ちていた。

ウォードはブラジャーをたくしあげた。彼女の胸はとても美しかった。きれいなカーブを描いて盛りあがり、大きすぎず小さすぎず、ちょうどいい。

彼はたっぷりと時間をかけて、肌の隅々までいとおしそうになぞりながら、まるで高価な宝石でであるように彼女を愛撫する。そして指でかたい乳首をつまみ、マリアンのうっとりとしたまなざしを見つめて言った。「ここにぼくがキスしたら、きみはまた声をあげるよ。そしたらリリアンはその声を誤解して、ギプスの脚で飛んでくる」

マリアンは震えていた。そこにキスしてほしかった。彼女は恥ずかしそうに両手をのばしてウォードの顔をはさみ、引き寄せた。「声を……出さないから」

「わたしを食べて、と言ってごらん」彼女の目を探るように見て、ウォードはささやいた。

彼女はまっ赤になり、彼の胸に顔をうずめた。

「バージンなんだね」ウォードは息を吸い、無垢なマリアンを思ってからだを震わせた。

「ああ、きみがほしい！」

そして次の瞬間、ウォードは温かな口に乳房を含んだ。信じられないほどの強烈な刺激がマリアンのからだを貫いた。叫びだしそうになるのを、唇を噛んでかろうじてこらえた。両手でウォードの頭を持ち、息がとまるほどパワフルな、痛みにも似た激しい快感に身をくねらせる。乳房は彼の口の中で炎となり、彼女は身震いしながら、彼に向かってからだを弓なりにそらせた。

ウォードはうめき声をあげ、ふいにマリアンからからだを離してソファをおりた。両手で顔をおおい、苦しそうにからだをかがめている。

彼女はソファに横たわったまま、からだを手で隠すこともせずに、快感と不満とに震えていた。

彼は深く息を吸いこむと、濃いグリーンの瞳で、今まで口に含んでいた乳房をいとおしそうに見つめた。やがて、彼はゆっくりと彼女のブラジャーをさげ、背中に手を回してホックをはめた。ブラウスの裾を引きさげ、ボタンをとめる。終わるまでひと言も口をきかなかった。

「どうしてやめたか、わかるかい？」ウォードはやさしくきいた。

「ええ、たぶん」

「きみを怖がらせたかい？」

彼はそれがとても気がかりな様子だった。ふいにマリアンは自分が大人になったような、そして、大切に扱われているような気がした。「いいえ」

ウォードは彼女の汗ばんだ髪のひと房をやさしく引っ張った。「きみを歓《よろこ》ばせたかい？」ほほえみながらきく。その笑みには、からかっている様子はなかった。

「ええ、言葉では言い表せないほど」マリアンは恥ずかしそうに顔を伏せた。

「もし最後までいくとしたら、防音装置のある部屋が必要だな」マリアンの耳もとにささやく。

「ウォード！」マリアンは彼の胸に顔を隠した。

「だめだ」ウォードはぶるっと震えて、彼女のからだを押しやった。顔がまっ青になっている。

マリアンは不思議そうに彼を見つめた。

ウォードは息を吸いこみ、マリアンの両手を握った。「男ってものはとても興奮しやすいんだ。ほんの少しのことでからだに火がついてしまう」彼は小さく笑った。「きみにもう一度そんな仕方でふれられたら、ふたりともとても面倒なことになる」

「まあ」マリアンはウォードの目を探るように見た。「我慢するのって苦しいの?」

「うん、少しね」そして、彼女の髪を撫でた。「きみはどうだい?」

「あら」マリアンは笑ったが、その声は震えていた。「自分にそんなことが起きるなんて、考えたことがなかったから」

信じられない! 彼女はたまらなく新鮮だ。ウォードはうっとりしながら、マリアンの顔に軽くふれて、唇にそっとキスした。それは、これまでにしたどの女性とのキスとも違っていた。ウォードは彼女の唇を離すと、立ちあがった。そうしないとまた彼女におおいかぶさりそうだった。

「さあ、仕事に戻ったほうがいい」ウォードはコンピューターを指さした。「それから、ぼくのレッスンはもうおしまいだ。きみに近づくとからだが言うことをきかなくなってしまうからね」腹だたしげに笑う。

彼の唇はかすかに腫《は》れ、シャツの前ははだけ、両手は引きしまったヒップの上にあった。そんな彼を見て、マリアンのからだはまたうずきだす。

彼女は立ちあがって洋服のしわをのばし、髪を撫でつけた。コンピューターに戻り、椅子に座って画面に集中する。「夕食までには終わらせるわ。できれば、の話だけど」

ウォードはほほえんだ。部屋を出ていく決心がつくまでに、一分もかかった。心が激しく揺れていたのだ。彼女の興味はぼくの牧場と油田と金だけなんじゃないのか？　女性たちがぼく自身を求めたことなど、ただの一度もありはしなかった。マリアンだけが例外だと、どうして言える？　でも、さっき彼女はぼくを激しく求めた。ぼくが彼女を求めたのと同じような激しさで。それにあの反応。演技ではあれほど甘く情熱的に応えられはしない。そう、彼女はぼくを欲していた。それは間違いない。だが彼女は本当にそれほど無欲な女性なんだろうか。これまで身近にいた女性、母親とキャロラインは、ふたりとも自己中心的で打算的だった。それなのに、目の前のこの女性だけをどうして信じられるというのだろう。彼女はぼくの心をひどくかき乱す。

ウォードはもはや、自分の判断に自信が持てなくなっていた。彼はいらだたしげに部屋を出ていった。

6

ウォードとのあいだに起きたことにひどく動揺していて、マリアンは仕事に集中できず、とうとう事務室を出た。ところが部屋を出ると、顔を見られたらふたりがしたことがわかってしまうのではないかと不安になった。なにしろ叔母の目は鋭い。それにウォードにからかわれるかもしれないと思うと気が気ではなかった。自分ではどうにも抑えられないからだの反応を、彼のような経験豊かな男性に笑いものにされたらとても耐えられない。

だがウォードの姿はどこにもなかった。リリアンも松葉杖《まつばづえ》をついてキッチンをなにやらつぶやきながら歩き回っているだけだ。マリアンはほっとした。

「わたしに任せてくれればいいのに」マリアンはリリアンが手にしていたハムの皿をとりあげてテーブルに運んだ。「まだ物を持ちあげたらいけないのよ。先生がそうおっしゃってたでしょ？」

「ええ、でも手伝ってほしいとは言えなくてね」リリアンはマリアンをちらりと見た。

「彼、行ってしまったのよ」

「彼って？」マリアンはとぼけた。

「ボスよ。南米へ行くことになったんですって」

「まあ」そんなはずはないわ。二時間ほど前に話をしたばかりなのに。話以外にもいろいろとしたけれど。

「大急ぎで飛びたっていったわ。ここから空港までは自家用機を使って、サンアントニオからは旅客機で行くんですって」

「そういえば叔母さん、前に言ってたわね。彼は南米へ行かなければならないって」

「ええ、でもわざわざわたしが退院した日に出かけることはないでしょ」

「わたしがいるから安心してるのよ」彼女は思わず叔母を抱きしめた。「叔母さんの世話ならわたしがするわ」

リリアンはため息をついた。「まったく、思いどおりに事が進まないんだから」

「思いどおりって、どういうこと？」マリアンはにっこりほほえんだ。

リリアンはまっ赤になった。「別に、なんでもないわ。さあ、料理を運ぶのを手伝ってちょうだい。食欲旺盛《しょくよくおうせい》なボスがいないんじゃ、食べきれないわね。残った分は冷凍しておきましょう」

「お薬はのんだの？」マリアンが尋ねる。

リリアンは姪《めい》をにらみ、それから笑みをもらした。「のんだわよ」

「よかった。ずっと監視していますからね」

リリアンは笑った。だがキッチンへ戻る彼女の目は、どこか不安げだった。


それから数日間、マリアンはリリアンの手伝いの合間にひとりで散歩に出かけて、牧場の広々とした景色を楽しんだ。はるか地平線のかなたまで平らな土地が続いている。とても静かだった。アトランタの喧噪《けんそう》とは無縁の世界だ。心が安らぎ、穏やかな気分になった。だがそのいっぽうでウォードが恋しくてならなかった。彼と知りあってわずか数日。なのに、こんな気持になるなんて……。目を閉じると、ウォードにキスされ、腕に抱かれ、肌にふれられたときの感触がよみがえる。あんなに刺激的ですばらしい経験は、生まれて初めてだった。もう一度それを味わいたかった。

しかし、彼を近づけるのがどれほど危険なことか。彼が求めているのはわたしのからだだけ。彼は結婚というものを信じていない。きっと女性にひどい目にあわされたせいだろう。以前叔母が話してくれたのだが、ウォードの母親はほかの男性と家を出ていき、彼と妹のベリンダは祖母に育てられたのだという。彼を責めることはできない。

だがそう思ってはみても、自分の感情を抑えることはできなかった。ふと気づくと、マリアンは窓の外をじっと見つめて、待っているのだった。しょっちゅう鳴る電話も飛びつくようにとるのに、彼からだったことは一度もなかった。五日が過ぎ、あせりを感じ始めた。もうじき休暇も終わり、帰らなければならない。彼がそれまでに戻ってこなければ、二度と会えないかもしれない。

「ボスのことが恋しいの?」ある晩、リリアンは姪が夕食にほとんど手をつけないのを見てきいた。

マリアンは飛びあがりそうになった。「まさか、違うわよ」

「全然寂しくないわけ?」

マリアンはパンをちぎりながら、ため息をついた。「まあ、少しはね」

「それはよかった。だって、彼の車が近くまで来ているんだもの」

マリアンは自分を抑えられなかった。椅子からさっと立ちあがり、玄関へ走り、ドアをあけ、ポーチに飛びだした。早く彼の胸に飛びこみたい。ポーチの階段をおりかけて、彼女は初めて、すっかり彼に夢中になっていることに気づいた。ポーチの手すりをぎゅっと握り、そこから一歩も動かないようにした。

ウォードは出ていったときと同じ不機嫌な表情で、肩にバッグをかけ、クライスラーからおりた。ドアを乱暴にしめ、階段のほうへ歩きだす。そしてマリアンの姿に気づいて足をとめた。

グリーンのブラウスにベージュのパンツをはいたマリアンは、かわいらしく、ちょっぴり寂しそうに見えた。ウォードの胸はきゅっとしめつけられ、次の瞬間には不機嫌さも消えていた。

「やあ、お嬢さん」声をかけて階段をのぼる。顔には笑みさえ浮かんでいた。

「お帰りなさい」マリアンは努めて冷静さをよそおった。「旅行はどうでした？」

「まああだね」

ウォードは彼女のすぐ前で足をとめた。彼の顔にはしわが増え、目の下にはくまができていた。女の人と一緒だったのかしら？　マリアンは探るように彼を見た。

「そんなにひどい顔をしてるかい？」彼がからかう。

「疲れているみたい」

「疲れてるよ。二週間分の仕事をたった五日で終わらせたんだからね」ウォードはマリアンの大きな瞳を静かに見つめた。「寂しかったかい？」

「用事がたくさんあって」マリアンは言葉を濁す。「電話が鳴りっぱなしだったのよ」

「だろうな」ウォードはバッグをポーチに置くと、大きな手で彼女の顔をはさんで上を向かせた。「くまができてる」彼はマリアンの目の下に親指でそっとふれた。「寝不足だね？」

「あなたこそ寝不足みたいよ」

その声の調子にウォードは驚き、それから、にやっとした。「仕事と女性とのつきあいは分ける主義でね」ゆっくりとつぶやく。「よくない主義だよな。黒い瞳のラテン美女と夜な夜な楽しむ、なんてことができない」

「わ、わたしには関係ないわ」

「本当にそう思ってるの？」ウォードはからだを彼女に近づける。ふたりの視線がからみあった。「あの日のことはなんでもなかった、なんて言う気じゃないだろうね？」

「あなたにはなんでもなかったんでしょ。何度もしてることだって、言ってたじゃない……」

ウォードはマリアンの言葉をキスでふさいだ。片方の腕でマリアンの首を支え、あいている手で喉もとの、シルクのような柔らかな肌を愛撫《あいぶ》しながら、甘く温かな唇をむさぼった。彼は飢えていた。長い時間、頭をあげようとはしなかった。やがてマリアンが震えだし、柔らかなうめき声をあげて、若い唇が彼を熱く求めだした。

彼は鼻で荒い息をしていた。「きみのことが頭から離れなかったんだ」彼女の豊かな髪に指を入れた。「夢の中できみの叫ぶ声が聞こえて……」

「わたしを傷つけないで」マリアンは声を震わせ、哀願する。「わたし、経験がないの。男性と大人の遊びをするにはまだ……若すぎるのよ」

その言葉にウォードはわれに返った。瞳からは凶暴さが消え、彼の中で、彼女を守ってやりたいという気持がふくらんでいった。ウォードはマリアンの繊細な顔だちを見つめた。

「傷つけたりしないよ」彼女のまぶたにそっとキスする。「たとえベッドの中でも、絶対に」

ウォードの唇がふたたびマリアンの唇にふれた。それは激しい情熱的なキスのプレリュードになるはずだった。だがそのとき、ギプスをはめたリリアンの重たい足音が近づいてきた。

「キューピッドのお出ましだ」ウォードはかすかに身震いしながら、そっと彼女のからだを放した。「邪魔をしたことに気づいたら、彼女、死んじゃうね」

マリアンは抗《あらが》おうともしなかった自分に、そして自分の中の激しい欲望に怯《おび》えながら、ウォードを見つめていた。

「自分の欲望を怖がることはないんだよ」彼がやさしく言う。足音がどんどん近づいてくる。「息をするのと同じくらい自然なことなんだから」ウォードはマリアンの目を見つめたまま、バッグを手にとった。

「新しい経験なの」

「じゃあ、ぼくたちふたりとも新しい経験をしているわけだ」リリアンがドアのすぐそばまで来ている。「ぼくはほかの女性とはこんなふうに感じたことがない。きみにとってショックなら、ぼくにとっても同じようにショックなんだ」

「お帰りなさい、ボス」リリアンがドアをあけ、にこやかに迎えた。「まあ、お元気そう。マリアンもそう思うでしょ?」姪の頬が上気しているのを見て、リリアンはほほえんだ。

「ああ、元気いっぱいさ」ウォードはリリアンの肩に腕を回した。「行儀よくしてたかい?」

「ええ。お薬もちゃんとのんでますよ」リリアンはマリアンをにらんだ。「タオルでぐるぐる巻きにするといって脅されたら、のまないわけにはいきませんよ」

ウォードは愉快そうに笑った。「夕食は? 腹ぺこなんだ」

リリアンはにっこりした。「わたしがつくったごちそうを見てくださいな」

「それならふたりとも、そこにつっ立ってないで早く食事にしてくれ。飢え死にしそうだよ!」

テーブルにはリリアンの心のこもった料理がたくさん並んでいた。マリアンは驚嘆の目でウォードを見つめた。こんなに幸せそうに食べる人を見たことがない。これだけ食べてもむだな脂肪がついていないのは、ずっと激しい労働をこなしてきたおかげね。美しい筋肉質の肉体もきっとそのためだわ。

ウォードは料理をきれいに平らげ、深くため息をついて椅子の背にもたれて、二杯目のコーヒーをすする。リリアンはふたりがとめるのも聞かずに汚れた食器を載せたトレイを押し、キッチンへ行った。

「叔母さんったら、いくらわたしがやると言っても耳を貸さないの。先生に電話したらね、きちんとお薬をのんで、あまり長い時間立っていなければ大丈夫だっておっしゃるの。だからなるべく座って仕事をするようにはさせているんだけど」

「彼女の部屋が一階にあってよかったな」

「ほんと」

ウォードはコーヒーカップの縁越しにマリアンを見つめた。細めたグリーンの瞳には炎が燃えていた。

マリアンは思わずウォードの目を見つめ返した。抵抗などできなかった。彼の瞳の色は深みを増していき、そのまなざしは激しい快感とすばらしい歓《よろこ》びを約束していた。彼女のからだはそのことを鋭敏に感じとり、恐ろしいほど反応し始めた。

「デザートを持ってくるわ」マリアンはあわてて腰を浮かした。

「デザートはほしくない」

あなたがほしいものはわかってる。マリアンはそう口走りそうになったが、腰をおろすと、すでにかなり甘いはずのコーヒーにさらに砂糖を足そうとした。

「入れすぎだよ」

彼女はまっ赤になった。「甘いのが好きなの」

「ふうん?」ウォードはマリアンの手をつかみ、彼女の目を見据えたままスプーンをとりあげた。そして彼女の手を握って指をからませ、その指に軽く力を入れた。マリアンは高まる欲望に思わず声をあげそうになり、指をこわばらせてウォードを見た。彼女の瞳は燃えている。

ウォードの表情がかたくなる。「かかってきた電話の伝言について、事務室で聞こうか?」

「ええ」

それが事務室でふたりきりになって愛しあう口実にすぎないことを、ふたりとも知っていた。ウォードは立ちあがり、マリアンを脇《わき》へ引き寄せた。ふたりで廊下を行く。静寂の中、マリアンの心臓の鼓動が次第に速まっていった。

「デザートはいかが?」リリアンが後ろからふたりに声をかけたが、口調はあまり熱心ではない。不自然なほどにやにやしている。

「まだいいよ」ウォードは答えた。マリアンの顔を見ながら事務室のドアをあける。その瞳にはちらちらと炎が燃えていた。

ウォードを見あげるマリアンの唇が、自然と開いていく。彼のからだから熱とパワーとスパイシーなコロンの香りが発散している。待ちきれない、早くふたりきりになりたい。

彼女の後ろからウォードが部屋の中へと入ってきた。ふたりは黙って向きあう。親密な空気がふたりのあいだに流れる……。そのとき、ドアをノックする音が響いた。

ウォードはなにやらののしると、怒りにまかせ、恐ろしい勢いでドアのほうを向いた。ドアをあけて相手をにらみつける。「なんだ?」

「きみが呼んだんだろう」ウォードに負けず傲慢《ごうまん》そうな低い声が答えた。「空港から電話で、例の第二の貸借契約のことを話しあうために来るように言ったろ。忘れたのか？」

「いや」

「ポーチでコーヒーを飲めとでも言うのかい？」

ウォードは笑いをこらえようとしたが、だめだった。タイスン・ウェイドときたら、ぼくにそっくりだ。「入ってくれ」彼はタイスンを中へ入れた。

すらりとした長身の男性が、手にカウボーイハットを持って入ってきた。ベーコンのような家庭のにおいのする男性だったが、冷たいグレーの瞳は鋭い光を放ち、マリアンは思わずあとずさりしそうになった。だが彼がマリアンを見てにっこりとほほえむと、印象はがらりと変わった。

「マリアン、こちらは隣のタイスン・ウェイドだ」ウォードが短く紹介する。

タイスンはマリアンに会釈し、松葉杖をつきながら歩いてきたリリアンに気づいて言った。「どうしたんだい、ウォードを蹴飛《けと》ばしでもしたのかい？」

「まさか」リリアンは笑った。「それより、エリンと双子の赤ちゃんはお元気？」

「とても元気だよ」タイスンは静かにほほえんだ。

「よろしくお伝えくださいね。コーヒーはいかがです？」

「いれるだけでいい。ぼくが運ぶからね」ウォードがきつく言い渡す。

リリアンはぶつぶつ言いながらキッチンへ向かった。

「わたし、失礼します」マリアンは言葉を探した末に、そう切りだした。「まだお手伝いすることがあっても、あしたの朝にしたいんですけど？」

ウォードの表情は険しくなっていた。マリアンは知らなかったが、彼が恋愛への興味を完全に捨てた理由のひとつは、タイスンが結婚してすっかり変わったのをまのあたりにしたことだった。タイスンは女性との深いかかわりを大切にしているが、ウォードにはそんな気はさらさらない。なのになぜ、今さらバージンになど心を奪われてしまったのだろう？　彼は自分に問いかけていた。

「ああ、いいよ」彼女に言う。「それから、叔母さんをベッドに入れてくれるかい？　彼女に働き続けられたら、ぼくが世間から非難される。そうぼくが言っていたと伝えてくれ」

「わかりました、やってみます。ミスター・ウェイド、お会いできて光栄でした。失礼します」マリアンはリリアンのいるキッチンへ行った。

「タイスンがこの家にいるなんてねえ」リリアンはコーヒーの用意をしていた。「あのふたりが話しあいをするなんて、ほんとに驚きだわ。わたしがここに来る前からふたりはいがみあっていたのよ。でも、タイスンは結婚してすっかり変わったわ」

「とても家庭的な感じだけど」

「結婚前の彼を見せたかったわね」リリアンがにやりとした。「ボスなんか彼に比べれば子猫ちゃんみたいなものよ」

「まあ、そんなにひどかったの？」

「そりゃあひどかったのよ。ボスが命の次に大切にしていた犬を手放させたほどなの。その犬は狼《おおかみ》の血が半分入っているシェパードでね、あるときタイスンの子牛を襲ったの。タイスンはすぐにうちにやってきて言ったわ。話しあおう、ってね。翌日にはその犬は里子に出されて、ボスは歯医者へ行くはめになった。ほんとに、エリンが現れる前のタイスンは手がつけられなかったわ。真実の愛は奇跡を起こすのよ」彼女はマリアンを意味ありげに見た。そしてマリアンが顔を赤らめるとにやりとした。「さあ、カップを用意してちょうだい。どうせわたしの仕事をとりあげるつもりでいるんだろうから」

マリアンはもちろんそのつもりだった。叔母をキッチンから追いだし、カップを用意すると、ウォードがトレイをとりに来る前に自分もキッチンを出た。

朝食の場の空気は最悪だった。ウォードは突如冷淡になり、マリアンを激しく求めた前日の彼とはまるで別人だった。なぜそんなに冷たい目で見るの？　わたしがなにをしたというの？　休暇がじきに終わってしまうことが、彼女にはむしろうれしかった。

彼は事務室で郵便物を開き始めた。出張中にたまった郵便物を見て、顔をしかめる。

「口述筆記はできるかい?」マリアンの顔を見もせずにきく。

「ええ」

「机の引き出しに紙と鉛筆がある。始めるぞ」

彼が口述を始める。最初の手紙は債務者への返事だった。その手紙には、この一カ月は業績が最悪だったが、金ができ次第、早急に返済すると書かれてあった。ウォードはいっさい理解を示さず、全額返済を求める強い調子の言葉を連ねて、裁判に訴えると言う言葉で最後を結んだ。

マリアンは口を開きかけたが、ウォードに有無を言わせない目でにらまれ、黙るしかなかった。

彼の手紙はどれも簡潔で、まったく感情が含まれていなかった。マリアンはウォードに失望と幻滅を感じ始めていた。彼にたとえ温かい心があったとしても、それは仕事にはかけらも見られなかった。だから大金持になれたのだろう。彼は債務者の悩みよりも自分の成功を優先する。だから儲《もう》かるのだろう。彼のそんな冷酷な一面を見せつけられて、彼女はひどく動揺した。

ウォードが手紙の口述を終わり、マリアンがそれをタイプに打とうとしたとき、電話が鳴った。受話器をとったのはウォードだった。彼の形相が次第に恐ろしいものに変わっていった。

電話の相手は商売がたきで、有利な取り引きのために汚い手を使ったといってウォードを糾弾したのだ。ウォードの返答は苛烈《かれつ》をきわめ、激しく汚い言葉の応酬が続いた。彼が電話を切ったとき、マリアンの顔はまっ赤になっていた。

「どうかしたかい？」

「あなたって残酷な人なのね」彼女は静かに言った。

「そうさ。残酷な言葉を浴びて育ったからね。ぼくはジェソップ家の子供だ。尻軽《しりがる》の母親は隣の家の男とかけ落ちした。親代わりには口うるさい祖母がいるだけ。惨めな少年時代だったよ」グリーンの瞳がぎらぎら光っている。「知ってるかい？　それでも成功すれば立場は逆転する。ぼくを蔑《さげす》み、あざわらってた同じ連中が、今では帽子をとっておじぎまでするんだ。ぼくは地元の社交界からも認められて、新聞にもしょっちゅう載る。大物なんだよ。それも金のおかげさ。金をつくる手段なんかどうでもかまうものか。どうせみんなも汚い手を使ってるんだ」

「ミスター・ウェイドは違うんじゃない？」

「タイスンかい？　そう、あいつはすっかり家庭的になって、ガッツをなくしちまったな。妻に男らしさもプライドもみんな奪われてしまって」

マリアンは立ちあがった。「なんてひどいことを。ここまで冷たい人だったなんて思わなかった。あなたは年寄りの守銭奴への道をつき進んでいるだけよ。それがわからないの?」

「寄付もしてるさ」彼は居丈高に言った。

「そんなの見せかけよ。心なんてまるでないわ。誰に対しても思いやりのかけらもないのよ」

ウォードの目がぎらりと光った。「あるさ、祖母と妹、それにたぶん、リリアンに」

「ほかにはいないでしょ」

自分が入っていないことが、マリアンには少なからずショックだった。

「そのとおりだ」彼が冷たく言い放った。「ほかには誰もいない」

からだの脇で拳《こぶし》を握りしめたまま、マリアンは立ち尽くした。こんなやり方で傷つけられるなどとは、今まで思いもしなかった。「あなたは本当の王子様ってわけね?」

「それも、金持のね」ウォードの顔にゆっくりと笑みが広がる。「でもその金を利用しようなんて考えているとしたら、あきらめるんだな。ぼくは金が生みだす価値が好きだ。そして、ウエディングケーキには向かない男さ」

マリアンはようやく、ウォードの態度が変わったわけに思いいたった。唇を噛《か》み、涙をこらえた。彼はわたしが財産目あてで近づいていると思っていたのだ。「わかってるわよ」

氷のような冷たい目で彼を見た。「さいわい、女性は誰だって、結婚相手に冷血漢なんか選ばないわ。温めるのにプラグを電源にさしこまなくちゃならないものね!」

「この部屋から出ていけ！　説教が聞きたければ教会へ行く！」

「あなたみたいな人を教会に受け入れる牧師さんがいたら、表彰ものよ」きっぱりと言うと、マリアンは部屋から飛びだした。

ジョージアへ帰ることを叔母にどう伝えたらいいだろう。出ていくのはつらい。でもウォードの本当の姿を見てしまった今となっては、それしかない。彼はお金持かもしれないけれど、心は氷のように冷たい。彼がそんなふうになったのもわからなくはないが、やはり納得はできなかった。

これまで彼の愛し方を学ぼうとしてきた。そして今、彼には彼女に与えるべき愛も、温かさもないことを知った。それがマリアンにはいちばんこたえていた。

7

それからマリアンはウォードを徹底的に避け、事務室へも戻らなかった。あの汚い仕事をひとりで片づけられないなら、臨時の秘書でも雇えばいいのよ。わたしはごめんだわ。

「喧嘩《けんか》の理由は？」ジャケットをはおって裏口から出ていこうとしていたマリアンに、リリアンがきいた。

「悪いのはウォードよ。まさか叔母さんは、彼の仕事のやり方を知らないわけじゃないんでしょう？」

リリアンの表情は知っていると告げていた。「人が冷たくなるには、それなりの理由があるものよ。でも、その冷たさもたいていは、よそおっているだけだったりするのよ」

「それなら彼のよそおい方は完璧《かんぺき》ね」

「マリアン、彼を長い目で見てほしいの。じきに意外な一面が見られるから」

「そんな時間はないわ。わたし、あと二日もしたら帰らなければならないもの」

「もう少しいられない？」リリアンの顔が曇る。

「叔母さんのけがもだいぶよくなったし、彼もわたしを早く追いだしたがってるのよ。もっとも、いてくれと頼まれたっている気はないけれど」マリアンはドアをあけた。「馬を見てくるわ」

惨めで情けない気分だった。ポケットに両手をつっこみ、フェンスに沿ってあてもなく歩いているうちに、納屋が見えてきた。

そこには、大きな栗毛《くりげ》の馬にまたがったウォードの姿があった。傾けてかぶったカウボーイハットのせいで、グリーンの目は片方しか見えない。彼はその目でマリアンをじっと見つめていた。

彼女は足をとめ、ウォードをにらんだ。彼がゆっくりと馬を走らせてきて、すぐ横まで来てとまった。

「まだ口をきいてもらえるのかな?」

マリアンはその問いを無視した。「明日の朝、どなたかにバス停まで送っていただきたいの。あさってまでにアトランタへ戻らなければならないので」

ウォードはマリアンをじっと見つめ、それからようやく口を開いた。「リリアンにはどう説明する気だい?　もうじき死ぬぼくのために、回顧録を書く手伝いをする。それをきみが信じていることになってるんだよな」

「そんな嘘《うそ》を続けられるほど、わたしの神経は強くないの」

「きみと友達になりたいのに、拒むのかい？」

「拒んでいるのはあなたのほうよ。わたしはあなたをお金目あての女性から、そして説教魔から解放してあげようとしてるの」

彼は深いため息をつき、探るような視線を彼女に向けた。「言いわけはしないよ。したくもない。でも……きみにいてほしいんだ」

「どうして？」マリアンの胸は震えた。

彼は肩をすくめ、かすかにほほえんだ。「たぶん、きみのいる生活に慣れたんだな。それにきみが今出ていったら、叔母さんは立ち直れないよ。せっかくの計画が水の泡になるんだからね」

「そんな計画、初めからうまくいくはずなかったのよ」ポケットの中で手を握りしめ、マリアンはそっけなく答えた。「わたしは帰ります」

「仕事がないぜ」

「あるわよ、修理工場が！」

「もうない。先週工場へ電話して、きみが病気の叔母さんと、叔母さんの死にそうなボスの看病をしなくてはならなくなった、と伝えておいたんだ」

「なんですって！」

「とても残念だと言ってたよ」彼はいかにも打ち解けた様子で続けた。「でもぼくが電話した日の朝に、ちょうど別の女の子を雇ったばかりでラッキーだったとも言ってた」

「あなたって人は……なんてことを！」

怒りで胸がつかえているマリアンを、ウォードがさっと抱きあげ、自分の前に座らせた。

「大嫌いよ！」

「それを証明してくれるかい？」

マリアンは鞍《くら》から落ちないようにするのに必死で、質問の意味を理解する余裕もなかった。馬の背がこれほど高いなんて……。

ウォードは小さな林の中へ入り、馬からおりた。そして気がつくと、マリアンは鞍からおろされ、春のみずみずしい草の上に横たえられていた。目の前にはウォードの緊張した顔があった。

「さあ、ぼくをどれほど嫌っているのか、見せてくれ」

ウォードの頭がさがってくる。マリアンは思わず顔をそむけたが、ウォードは両手で彼女の顔をはさんで、巧みに動きを封じた。彼のからだがおおいかぶさる。その重みで、マリアンはほとんど息ができない。

「あきらめたほうがいい。でないと、きみのからだは地球の裏側の中国まで沈みこんでしまうよ」

彼女はあえぎ、もがき、そして、どう抗《あらが》ってもむだなことを思い知らされた。彼女には、顔をまっ赤にして彼をにらみつけることしかできなかった。

「だらしないな！」ウォードがやさしくしかった。からかうようなまなざしが、やがて情熱を含んだものへとゆっくり変わっていく。そして彼はマリアンの上でかすかに、あおるようなやり方でからだを動かし始めた。それは経験のない彼女にさえわかるほど巧みだった。

「震えてるね」ウォードがマリアンを見つめる。

「だって、こんなふうに感じたのは初めてで……」

「ぼくもさ。こんなに感じたことは、どの相手ともなかった……」ゆっくりと彼女の口をキスでふさぎながら、彼は目を閉じた。

ウォードの唇は、マリアンのからだの隅々にまで強烈な快感をもたらした。彼女は震えながらため息をもらし、かすかに唇を開いて彼のキスを味わった。もう拒むことなどできなかった。彼のからだがこわばる。彼女の脚も腕も、胃でさえも彼と同じようにこわばっていた。それはこれまで一度も経験したことのない激しい感覚だった。

ウォードはまず唇でマリアンの口をじらすように探ってから、舌でなぞった。そんなふうなキスは初めてだった。彼女は当惑して目をあけた。

彼のグリーンの瞳は暗く神秘的に光り、そして、マリアンの瞳が問いかけるさまざまな質問に、たくさんの答えを用意しているようだった。

「ぼくを信じて」彼女の心に不安がうずまいているのを感じて、ウォードはやさしくささやいた。「どんなにきみがほしくても、こんなところで最後までするような危険は冒さないよ。なにしろきみは未経験なんだからね」

マリアンはその言葉を信じた。彼の目をのぞきこみ、彼の温かな重みを感じ、彼のからだにしみついた革のにおいに鼻孔をくすぐられているうちに、少しずつ緊張がほぐれてくる。

「こんなふうに男性とふれあうのは初めてなんだろう?」ウォードが静かにきいた。「でもこれでいいんだよ。きみもそろそろお上品なキスや少女趣味な恋愛を卒業する年齢だからね。これこそ現実なのさ」彼はマリアンの見開かれた瞳を見つめた。「男と女が激しく求めあうというのは、こういうことなんだ。それは上品でも、静かでも、単純でもない。熱くて、野性的で、複雑なものなんだよ」

「犠牲者に警告するのもルールのひとつなの?」マリアンはかすれた声で尋ねた。

「相手がきみみたいに無垢《むく》な場合はそうさ。ぼくがほしいのは正真正銘の女性、つまり、ぼくに見あった大人の女性なんだ」

そんな女性に、マリアンは自分もなれそうな気がした。彼女のからだはうずき、燃え、しかも男性の欲望の証《あかし》を感じても、ひるむどころか自分からからだを寄せ、甘い吐息をもらしながら唇を求めていく。

いっぽうウォードは、彼女を強く求めながらも、その欲望が奇妙にも彼女を守ってやりたいという衝動を呼び起こすのにとまどっていた。これまで女性に対してこんな気持になったことはなかった……。

ウォードの口はやさしく、ゆっくりと動き、辛抱強くマリアンの唇を愛撫《あいぶ》し続けた。彼女もウォードの無言の教えを素早く学びとっていった。ウォードがマリアンの手を放すと、彼女は温かなかたい筋肉を感じたくて、彼のシャツに手を押しつけた。彼の心臓の激しい鼓動を感じる。

彼女の手を直接肌に感じたい。ウォードはシャツを脱ぎ捨てたい衝動と闘った。この手で彼女のブラウスを脱がせ、胸のふくらみに口づけしたあと、その胸を眺め、彼女の顔が赤らむのを見つめたい……。

無意識のうちに、彼はマリアンのヒップを自分のヒップへ引き寄せ、その上で腰を動かしていた。自分の激しい息づかいに驚いて顔をあげ、両腕でからだを支えながら、マリアンからからだを浮かせた。彼女のうるんだ目はなかば閉じられ、濡《ぬ》れた唇がわずかに開かれている。彼女は、彼のものだった。

マリアンは大きくゆっくりと息を吸いこみ、ウォードを見あげた。彼がほしくてたまらない。彼が求めるものを拒む力はもはや残っていなかった。

「だめだ。そんなふうにしてはだめだよ」ウォードはマリアンのからだから離れ、小さく身震いすると、上体を起こした。息は荒く、髪をかきあげる指は小刻みに震えていた。

マリアンはようやく、なにが起こったのかに気づき始めていた。じっとウォードを見つめる。女性たちがなぜ抵抗しないのかが初めてわかった。それは恐怖心からではなく、強く抱きしめられて、何度もキスされているうちに、歓《よろこ》びのあまりわれを忘れてしまうせいなのだ。彼もわたしをそうさせられたはずなのに……。

「途中でやめて、驚いたかい？」ウォードはマリアンを見おろした。深いグリーンの瞳にはまだ欲情がくすぶっている。「言ったよね、きみが未経験なことにつけ入る気はない、と」

「ええ。でも、忘れていたわ」

「ぼくは覚えてた、きみは幸運だったよ」ウォードは立ちあがると、マリアンを見おろしてにやっとした。「途中でやめられるようになるには、何年もバージンとデートして、訓練を重ねないとね」いたずらっぽくささやき、マリアンのほうへ手をさしだした。

彼女はからだを起こして、顔を赤らめ、さしだされた手を無視してひとりで立ちあがった。「何年もデートをしてもバージンのままという女性は、そう多くはないと思うけど」

「いや、中にはすごく抵抗する女性もいる。きみみたいにね」

「わたしは……」マリアンの声は震えていた。「もしあなたがやめなかったら……」

「でも、やめた」ウォードは落ちていたカウボーイハットを拾って頭に載せた。「しばらくのあいだ、ジョージアへ帰ることは忘れてくれ。リリアンにはきみが必要だ。たぶん、ぼくにもきみが必要なんだろう。きみのものの見方がぼくにはとても新鮮に思えるんだ」

「それって、さっきあなたの仕事のやり方に意見を言ったことかしら？」彼女はウォードの顔を興味深げに見つめる。

「まあね。きみはぼくにとって新鮮な空気みたいなものなんだ。きみが来るまで、ぼくは自分のひどいやり方に疑いさえいだかなかった。金についてのぼくの考え方も、たぶんきみの言ったとおりなんだろう。どうだい、しばらくここにいて、ぼくを変えてくれないか？」

「その役を引き受けるほど勇気のある人間がいるとは思えないけど」マリアンは顔をあげ、ウォードを見据えた。「それにしても、わたしの仕事をとりあげるなんてひどいじゃないの」

「きみは大勢の男性に囲まれてると働きづらいんだろう？　あのいまわしい悪夢のせいでさ。男性といると冷や汗が出てくるって聞いたよ」

「そんなこと一度もなかったわ。独身の男性はひとりもいなかったし」

「それは気の毒に。でもきみはラッキーだよ。ぼくが死にそうなことを知ったリリアンが、きみをここへ呼ぶなんて」ウォードはにやりとした。「ハンサムで金持の独身男性をやすやすと手に入れられる女性は、そうはいないからね」

「わたしはお金なんか興味ないわ」

「ああ、わかってる。ただ、ぼくとしても自分を守らなければならない。きみはとてもかわいらしい。針にかかっても、魚は最後まで抗うものさ」

マリアンにはその言葉の意味がよくわからなかった。とまどいながらウォードを見る。

「気にするなよ」彼はマリアンの手をとった。「戻ろう。昼までに終わらせなければならない仕事があるんだ。乗馬は気に入ったかい?」

「ええ」

「今度はきみにも馬を用意するよ。でも、今は歩いて帰ろう。一緒に馬に乗ったりしたら、また自分を抑えられなくなるからな」

その言葉にマリアンの頬は赤くなった。ウォードはそんな彼女を引き寄せて腰を抱くと、もういっぽうの手で馬の手綱を持った。帰りの道すがら、ふたりはごくふつうの会話をした。それでも、彼女はウォードの力強い腕の感触にうっとりしないではいられなかった。

ウォードは仕事のために事務室へ戻り、リリアンはマリアンの顔をひと目見るなり、ラブソングを歌い始めた。マリアンは自分の部屋へ戻って、アトランタに電話した。修理工場のボスは彼女の声を聞くとすぐに、〝テキサスの死を目前にした哀れな人〟のために働く彼女のやさしい心をほめちぎった。それから、気の毒なミスター・ジェソップが電話をしてきた日のまさにその朝、マリアンぐらいの年齢の若い女性を雇ったばかりでとても運がよかった、と快活に言い、テキサスは好きか、新しい仕事はうまくいっているのかなどと尋ねた。

マリアンはそれらに適当に答えてから礼を言い、電話を切った。気の毒なミスター・ジエソップとは、よくも言ったものだわ！

ウォードは午後から仕事で外出し、夕食の時間になっても帰ってこなかった。マリアンはリリアンとふたりで夕食をすませると、片づけを手伝ってから叔母におやすみのキスして、二階へあがった。彼が戻ってこないことに安堵《あんど》しながらも、心のどこかでがっかりしていた。あの激しく、えもいわれぬ甘い経験をまた味わってみたい。

だから危険なのだ。もう途中でやめるのがつらくなってきている。今日のわたしときたら、彼のなすがまま。酔ってでもいるような感じで、彼のことが際限なくほしくなる。どうしたらいいのか……。

マリアンは淡いピンクのガウンをベッドに広げた。胸の部分が深くあいたセクシーなデザインで、ひとりぼっちの土曜日に衝動買いしたものだった。素材はフランネルだが、レースがついた高価なもので、ほっそりとしたからだにまといつくその感覚が気に入っていた。

バスルームへ行き、備えられているすてきな香りの石鹸《せっけん》をバスタブに入れて、ジャクジーのスイッチを入れた。アトランタの小さなアパートメントに住んでいるマリアンには、この広々としたバスルームがなんとも贅沢《ぜいたく》に感じられる。服を脱ぎ、バスタブに入る。やさしく泡だつ湯が全身を包みこんだ。そのとき、アパートメントの家賃をまだ払っていなかったことを思いだして、彼女は顔をしかめた。小切手を送っておかなくては。洋服ももっと持ってくればよかった。ウォードもすぐにわたしを帰す気はないようだし。

それもきっと叔母のためね。ウォードは仕事でしょっちゅう家をあける。そのあいだ叔母をひとりにしておくのが心配なんだわ。わたしを死ぬほど愛しているなんてことは考えられないもの。彼が求めているのは、そう、わたしのからだだけなのよ。

あれこれ考えていたのと、ジャクジーの泡の音のせいで、彼女にはバスルームのドアが開く音も、それに続いてしまる音も、まったく聞こえなかった。絨毯《じゅうたん》を踏む足音も、〝あっ〟という男性の声も。

マリアンがふと目をあげたとき、そこにはウォードの姿があった。彼女は一瞬、動くことができなかった。グリーンの瞳が彼女のからだの柔らかな曲線を感嘆するように見つめている。その強い視線にさらされて、胸の先がかたくなっていく。マリアンははっとして、両腕で胸を隠そうとした。だがウォードは首を振った。

「だめ、隠さないで」白いワイシャツの袖《そで》をまくりながら、ウォードは近づいていった。ネクタイもはずし、上着も脱いでいたが、スーツのズボンと靴をはいた姿はとても優雅だ。

ウォードがバスタブのほうへかがむと、高価なコロンの香りがマリアンの鼻先をくすぐった。とたんに彼女は息苦しくなった。「やめて！」だがウォードはマリアンが石鹸を吸わせておいたスポンジを手にとると、かすかにほほえんだ。「お客様へのサービスだよ」彼の目は欲望でぎらぎらしている。「さあ、ゆったりと横になって」

マリアンは抗おうとしたが、ウォードは気にもとめず、彼女の首の後ろに片手をあてがい、スポンジを持った手でゆっくりと、柔らかなカーブにそって肌のすみずみまで撫《な》でていった。ときどきスポンジから手を放しては、マリアンの肌に手をふれる。彼女の肌は石鹸がついていっそうなめらかに、湯につかっていっそうみずみずしくなっていた。

ウォードの指先が小さく引きしまった胸を軽く愛撫する。マリアンは目をなかば閉じた。それから彼がジャクジーをとめ、バスタブの栓をぬいて湯を流した。彼が最後の泡をスポンジでとりのぞいたとき、彼女の全身が現れた。

ウォードの目がマリアンの視線を静かにとらえた。彼女の深いブルーの瞳には、恐れと驚きとよろこびとがないまぜになって浮かんでいる。「女性のからだを洗ったのは初めてだ。女性と一緒に風呂に入ったこともなかった。どうやらぼくは古い人間らしいな」

乱れがちな息の下から、マリアンは答えた。「わたしも初めてよ」

「わかってるよ」ウォードはバスタブから出るマリアンに手を貸すと、タオルかけからバスタオルをとり、彼女の全身をゆっくりとふいていった。それから彼は手をのばし、マリアンの平らな腹部にふれた。その瞬間、彼女の全身を強烈な快感が走った。ウォードはマリアンの前にひざまずき、タオルをすっかりはずして、彼女の腹部に唇を押しつけた。

彼女の口から叫び声がもれた。抑えようのない小刻みな叫び声が。それを聞いて、ウォードの全身の血は洪水のように血管をかけめぐった。彼はじらすようにゆっくりと唇を上へ移動させながら、柔らかでなめらかな乳房へと近づいていった。ウォードの唇が乳房へ来た。マリアンは彼の頭を抱き寄せた。湿った唇が胸の先をとらえる。彼女は息を荒らげて、からだを震わせた。

「落ち着いて」ウォードが彼女の胸もとにささやきかける。「抵抗しないでくれ」

抵抗しようにもできなかった。強烈な快感がほっそりしたからだの中心部を直撃したとき、彼女はからだをぶるぶる震わせながら、ウォードの肌に爪を立てた。

「マリアン」ウォードはささやき、彼女の唇にふたたびキスした。そして彼女を抱きあげ、ベッドルームへ向かった。

気がつくと、マリアンはベッドの上にいた。ウォードの唇がマリアンのからだの上をゆっくりと這《は》う。腹部から腿へ、そして……。マリアンは抗った。知らない未知の感覚に、あまりにも親密な行為に、抵抗せずにはいられなかった。

ウォードは頭をあげ、マリアンの狼狽《ろうばい》した顔を見た。「きみがいやなら、無理強いはしないよ」

マリアンの顔はピンクに染まり、瞳はうるんでいた。ウォードは彼女のからだを眺めながら、そのからだに沿って小麦色の手をすべらせ、柔らかくなめらかな肌の感触を味わった。

「女性のからだがこんなに柔らかくて、こんなに美しいとは、今まで知らなかった」ウォードがささやく。「きみのからだを見ているだけで、頭がくらくらする」彼女の目をのぞきこみ、尋ねた。「なにもしていないんだろう?」

マリアンがその意味を理解するまで、しばらくかかった。それはまさに大人の会話であり、ウォードにはおなじみでも、彼女にとってはまったく未知のものだった。「ええ、していないわ」

「だと思った。今ここで強引におしまいまでしてしまったら……なにもかも台なしになってしまう気がするんだ」ウォードはマリアンの震える唇にキスしながら、彼女の胸をやさしく撫でた。「ぼくの胸もさわりたくないかい?」

もちろんさわりたかったが、口に出しては言えなかった。彼女はゆっくりと両手を彼のシャツの下にすべりこませた。温かな肌の感触がひどく刺激的だ。彼女が少しふれただけなのに、とたんにウォードのキスは激しさを増す。彼はもどかしげにシャツを脱ぎ捨てた。

彼の激しい息づかいにうろたえながらも、マリアンは自分たちの親密な行為にすっかり魅せられていた。だんだん大胆な気分になっていく。彼女はウォードの裸の胸に両手をすべらせ、それから背中を弓なりにそらし、乳房で彼の胸を愛撫した。

その瞬間、ウォードの心臓が狂ったように打ち始めた。彼は頭をあげた。その目は情欲で暗く光り、その胸は震えていた。「もう一度、やってくれ」

マリアンは欲望にからだをほてらせながら、繰り返した。

「きみの胸はとても白くて甘い。まるで蜂蜜《はちみつ》を塗ったパンのようだ」ウォードはささやきながら、マリアンの上におおいかぶさった。ふたりの胸がぴったりと重なりあう。「キスさせてくれ」

ウォードのキスはコーヒーの味がした。彼は唇をそっとマリアンの唇に押しあて、舌をさし入れる。こんなキスがあるなんて……。その神秘的で刺激的な感覚に、彼女はわれを忘れた。

ウォードはしなやかな肌の感触を楽しむように、両手でマリアンの両わきを撫でた。彼のからだは欲望で激しくうずいていた。彼女はぼくがほしい、そしてぼくも彼女がほしい！　だが子供ができてはまずいし、それに今、最後までいってしまったら、彼女はきっと心のどこかでぼくを憎むだろう。彼女はまっさらのバージンなのだから……。

ウォードはマリアンのからだからおりると、彼女を守るようにやさしく抱きしめた。

「あなたがほしい」彼女は理性もプライドも忘れて哀願した。「あなたがほしいの」

「だめだよ、今は」ウォードはマリアンの濡れた頬にキスした。そのとき初めて、彼女が泣いていたのを知った。「大丈夫?」そっときく。

「痛いほどからだがうずくの……」

「最後までいかないで、きみを満足させてあげることもできるよ」

マリアンは驚いてウォードの目を見つめた。ややあって、つぶやくように言う。「そんなこと、あなたにさせられないわ」彼女はウォードの顔にふれた。「ごめんなさい。わたし、すぐにやめるように言うべきだった」

「でも気持がよすぎてできなかったんだろう?」ウォードは彼女の頬にそっとふれた。「からだ全体で愛しあっているようだった。こんなの初めてだよ。セックスよりもずっとよかった」

「セックス……よりも?」

「そうさ、でもきみとだと〝セックス〟ではなく、〝愛しあう〟という言葉のほうがぴったりするな」

マリアンはその言葉がうれしかった。彼のことがたまらなくほしい。最近ではみんなしてることだし、きっと妊娠だってしないわ。それに、わたしは彼を愛している。そう、愛しているのよ!

ウォードはマリアンの目が悩ましげに光るのを見て、彼女が怖がっているものと誤解した。ぼくはどうかしていた。彼女はバージンで、階下にはリリアンもいる。ウォードはからだのほてりを無視して、安心させるようにほほえむと、つらそうにため息をつきながら上体を起こした。

「もう終わりだ」彼は笑おうとした。「この種の遊びには、ぼくは年をとりすぎているからね」

遊び？　マリアンはウォードを見つめずにはいられなかった。

ウォードはぼうっとした頭をなんとか働かせてガウンを見つけた。それを彼女に着せてやってから、彼女を抱きあげてもう一度ベッドに寝かせ、毛布をかけてやった。

ウォードは自分のこんな行為にうろたえていた。こんなに長い時間をかけて愛しあうとは、考えてもみなかった。そう、これは一種の愛だ……。彼はマリアンを見つめた。彼女の清純さに、彼女の反応の仕方に、魅了されていた。こんなはずではなかった。そもそもここに来たのも、ふたりともすぐに夢中になってしまう以上、こんな親密な行為はやめにして、友達の関係でいようと告げるためだった。ところがバスルームのマリアンを見たとたんに、理性など吹き飛んでしまった。

ウォードには彼女が結婚を望んでいるのがわかっていた。それはとりもなおさず、彼の貴重な自由が奪われることでもある。彼は古い傷のすべてを、そして打算的な女性にだまされてしまった自分の愚かさを思いだし、腹だたしげに髪をかきむしった。

「そんなふうに見ないで」マリアンの目にまた涙があふれた。だが先ほどとはまったく違う涙だった。「まるで堕落した女性を見るような目だわ。わたしから求めたんじゃない。あなたのほうがわたしの部屋へ入ってきたのよ」

「ああ。そんなつもりじゃなかったんだけどね」

この言葉に、マリアンの心は少し和らいだ。彼も動揺しているようだ。

「本当は、肉体的なことはなしにして、友達の関係に戻ろうと言いたくてここへ来たんだ」ウォードは皮肉っぽく笑った。「それがどの程度成功したか、わかるだろ?」

「ええ」マリアンはにっこりした。そして顔を赤らめ、恥ずかしそうに目をそらした。自分が彼にしたことが鮮明に思いだされてきたのだ。

「まったく成功しなかったよ」彼は快活に言った。「それから、この程度のことでは妊娠はしないから安心していいよ」

「そのくらいわかってるわ!」

「念のため言っただけさ」ウォードはゆったりと背のびをした。髪は乱れ、シャツのボタンははずれている。彼はすばらしくセクシーだった。「ここでのことは誰も知らない。ふたりだけの秘密だね」

「ええ」マリアンはちらりと彼を見て、すぐに視線をはずした。「誰とでもこういうことをするとは、思わないでほしいの」

「思うわけないよ」彼はかがんで、マリアンの額にそっとキスした。「初めてのときは、とても興奮するものさ。たとえ最後までいかなくてもね」

「相手があなたでよかったわ」

「ああ、ぼくもよかったよ」ウォードは彼女の瞳をやさしく見つめて、彼女のほうへからだを倒しかけた。だがすぐにほほえみながらからだをのばすと、ドアへ向かった。「おやすみ、ぐっすり眠るんだよ」

「あなたもね」

ウォードは振り向くことなくドアをしめた。マリアンは長いあいだそのドアを見つめてから、震えながらため息をついて、電気を消した。

8

その夜はほとんど眠れなかった。ひと晩中ウォードの手を肌に感じ、これまで経験したことのない奇妙な欲求不満に苦しんだ。彼のことを思うたびにからだがうずきだし、彼女は怯《おび》えた。どうしたらいいかわからない。

リリアンはダイニングルームで松葉杖《まつばづえ》をつきながら、朝食の食卓に皿を並べていた。マリアンがニットのブラウスとジーンズ姿で部屋に入っていくと、彼女は満面に笑みを浮かべた。

「おはよう。とってもいいお天気じゃない？」明るい声で言う。

たしかに天気はよかったが、それがなんだというのだろう？「ええ」マリアンはそっけなく答えると、テーブルの端のからっぽの椅子にちらりと目をやった。

「ボスならすぐに戻ってくるわよ」リリアンはわけ知り顔で言った。「今朝はなんだか様子が変でね。わたしの言うことなんか上の空で、階段をおりながら何度も二階のほうを見ていたわ」

マリアンはキッチンへ逃げだした。「食事の支度、手伝うわ」リリアンのいたずらっぽい視線を避けながら、急いで言った。

　ふたりが先に食べ始めていると、ウォードが戻ってきた。疲れているようだったが、マリアンを目にするなり、顔をぱっと輝かせた。にっこりほほえんで、帽子をとってサイドテーブルに置き、どっかと椅子に腰をおろす。ジーンズは埃《ほこり》っぽく、ブルーのチェックのシャツは少し汚れていた。

「手は洗ったよ」リリアンに指摘される前に言う。「溝にはまった雄牛を助けだしたんだ」

「どうして溝にはまったの？」マリアンは不思議に思って聞いた。

　ウォードはにやっとした。「若い雌牛のそばに行きたくて、柵《さく》を乗り越えようとしたのさ。愛の力には驚かされるね」

　マリアンは顔を赤らめ、リリアンは声をあげて笑った。ウォードは椅子の背にもたれ、マリアンが無理にほほえむ様子を楽しげに眺めていた。

「ボス、なにか召しあがります？」

「あまりおなかがすいてないんだ」ウォードはリリアンが顔をほころばせたのに気づかなかった。「でもトーストとコーヒーはもらおうかな。マリアン、よく眠れたかい？」リリアンからコーヒーカップを受けとりながら聞いた。

　マリアンは目をあげる。「ええ、もちろん。あなたは？」

ウォードは首を振った。「一睡もできなかった」

グリーンの瞳に見つめられ、マリアンの全身がほてってきた。なんとか彼から皿へと視線を戻したが、心臓はまだ激しく鼓動を打っている。

ウォードはそんな彼女を満足そうに見つめていた。からかうとこんなふうに反応する女性が新鮮に思えた。いや、マリアンのすべてが彼には新鮮だった。朝食をともにするといったごくありふれたことさえ、新鮮に思える。彼女を見るのも楽しい。服の下のからだがどんなふうかを知った今は、ことさらだ。ウォードはマリアンの美しい裸体を思い返した。彼の瞳のグリーンが濃さを増す。

マリアンのほうもまた、彼を目で味わっていた。彼は大男だが、身のこなしは優雅でしなやかだ。それが彼女は好きだった。セクシーで男らしい姿を見ただけで胸が高鳴り、彼がそばにいるだけで、からだに火がついた。ああ、椅子から立って彼にふれ、唇にキスをしたい。そして彼に抱きしめられたい。フォークを持つ手が震えだす。彼女はウォードに心の内を見透かされているのに気づいて、顔をまっ赤にした。

「乗馬に行こう」ふいにウォードが言った。

「今?」

彼は肩をすくめた。「電話ならリリアンが出てくれる。今日は急ぎの仕事もない。いいだろ?」

「いいに決まってます」リリアンが素早く同意した。「家のことなら任せてください」

マリアンは拒むことも忘れて、その申し出に応じていた。彼女のブルーの瞳には、彼を求める気持がはっきりと現れている。

ウォードのからだは爆発しそうになった。特別な女の子とデートする少年のように。彼はナプキンを脇《わき》に置き、さっと立ちあがった。「行こう」

マリアンは彼についていった。リリアンが後ろでなにやらからかっているが、その声もほとんど耳に入らない。ただ彼のたくましい背中を見つめ、夢遊病者のように歩いた。からだがウォードを求め、燃えていた。なにが起きてもいい。彼を愛しているのだから。彼が最後までいくのなら、従おう。彼もわたしになんらかの感情を持っているはず。少しはわたしのことを思っているはずだわ。

ウォードは無言のまま二頭の馬に鞍《くら》をつけた。マリアンに手を貸して、その一頭に乗せる。彼女が鞍に座ったあとも、ウォードは彼女のからだにふれていた。「馬に乗ってる姿もなかなかいいね」

マリアンは脚に彼の手の温かな感触を覚えながら、にっこりとほほえんだ。「ほんと？」

「きみがほしい。ゆうべはそれ以外のことはなにも考えられなかった。今日は話がしたいんだ。話だけだよ。きみのことを知りたいんだ」

意外な言葉にマリアンは喜びながらも、ちょっぴり失望を感じていた。だがほほえみながら言った。「いいわね」

　ウォードはそれには答えなかった。彼もマリアンと同じような激しい欲望を覚えていたが、それを隠すことにかけては彼女よりもうわてだ。彼女をあまり怖がらせたくなかった。あのことを話したら、彼女がどう反応するかわからない。だが今のままの状態は続けられない。はっきりさせなくては。このままではじきに仕事にもさし障りが出る。欲望というものは実に厄介だ。この年になって、ここまで悩まされるとは……。

　ウォードは馬にまたがると、牧場の小道を行った。男たちが夏草の茂る牧草地へ子牛たちを連れていったり、牧場のこまごまとした仕事をしているのが見える。隣のタイスン・ウェイドの牧場に比べれば小さいが、それでもこの広さのものを管理するのは楽ではない。むろん、ウォードのいちばんの関心事は油田だが、牛を育てていると思うだけで気分がよかった。祖父の血のせいかもしれない。タイスンの土地は黒いゴールド、つまり石油が豊富だった。ウォードの勘はその点に関しては常に鋭く、タイスンもウォードに貸した土地で見つかった油田のリース料のおかげで、牧場の経営が苦しいときにずいぶん助けられていた。

　ウォードの日焼けした顔に満足そうな表情が浮かんだ。なにがそんなにうれしいのかしら。マリアンは不思議に思った。

「ぼくの勘は決してはずれないんだ」ウォードが言いだした。「どうやらぼくは、鼻で石油のにおいがかぎわけられるみたいでね」

「なんのこと?」

「タイスンの土地で見つけた石油のことを考えていたんだ。一か八《ばち》かの賭《かけ》だったけど、あたったのさ」

うれしそうな顔をしていたのは、仕事のことを考えていたからで、わたしが一緒だからではないのね。「楽しみは仕事だけなの?」

彼は肩をすくめた。「仕事はいつでもそばにあるからね」地平線のかなたに目をやる。

「子供のころの暮らしは厳しかった。食べるものには苦労しなかったけどね。それが牧場に住むことの強みだね。でも服はいつも古着だったし、ブーツの底にはいくつも穴があいていた。それはどうってことなかったけど、母がいなくなったことは……つらかったな」

マリアンにもそれは想像できた。「わたしは幸せなほうね。両親はやさしかったし、わたしたち親子はとてもうまくいっていたから」

「きっとおてんばだったんだろうな」

マリアンは笑った。「そのとおりよ。野球もしたし、木のぼりや戦争ごっこもしたわ。近所には女の子がふたりしかいなかったから、タフでなければやっていけなかった。男の子はこっちが女の子だからって、手かげんしたりはしなかったもの」

「ぼくはカウボーイ対インディアンの戦争ごっこが好きだった。自分の馬を持っていたんだ」

「どちらの側だったの？」

ウォードはくすくす笑った。「たいがいインディアンだった。みんなが、ぼくにはチェロキー族の血が流れていると言ってね」

「そうね、色が黒いもの」

「これは生まれつきじゃなくて、日焼けだよ。若いころ石油の掘削場でずっと働いていたし、今もときどき手伝うこともあるからね。上半身はとくに焼けやすいんだ」

マリアンはゆうべ、ウォードがシャツを脱いだときに見た小麦色の肌を思いだした。視線がウォードの引きしまったたくましい上半身に引きつけられる。

「きみはあまり日光浴をしないんだろ？」ウォードのまなざしを見れば、彼がマリアンの白い肌を思いだしていることがわかる。

マリアンは頬を染めた。「ええ。近くにビーチはないし、住んでるのもアパートメントの上の階だから、日光浴する場所がないの」

「そのほうが肌のためにはいいよ。ぼくの肌は革みたいに丈夫だけど、きみの肌はとても柔らかくて、シルクのようで……」

マリアンはこの言葉にとまどい、ウォードより前に馬を進めた。

だがウォードはすぐに追いついた。「恥ずかしがることはないよ」

「あなたには、わたしなどまるで子供で……」

「たしかにそうだ」ウォードはほほえんだ。「そこが気に入ってる」

「わたし、ボーイフレンドがほとんどいなかったの。父がとても厳格だったから」

「お父さんはどんな人だったの？」

「背が高くて、頑固で、とてもすてきな人だったわ。母が亡くなったときも悲しかったけど、両親ともいなくなってしまったときは、ほんとにつらかった」

「寂しい思いをしたんだね」

「ええ……。でも父は親子のあいだでも甘ったれた関係は嫌ってたの。たぶん、わたしに自分の足で立てる人間になってほしかったんでしょうね。父は正しかったわ。わたし、今ではひとりぼっちに慣れたもの」

「ぼくには少なくとも祖母と妹がいたからね。もっとも、祖母とは一緒にいると喧嘩《けんか》ばかりしてるけどね」

「妹さんはどんな人なの？」

ウォードはにやりとした。「祖母とぼくにそっくりさ。喧嘩っぱやいジェソップ家のひとり」

「外見は？」

「あまり似てないな。瞳は同じグリーンだけど、彼女は小柄でかわいらしい。ぼくは父親似なんだ。父も大男だった」

「お父さまも油田主だったの？」

ウォードはうなずく。「いつも一発勝負に出ていたよ」ふいに遠くを見るまなざしになった。「向こうの茂みの中で遺体を見つけたんだ。まるで眠っているようだった……」

「つらかったでしょうね」

「昔のことさ」ウォードは馬の向きを変えて川と茂みのあるほうへ向かい、馬からおりて、そばの小さな木に馬をつないだ。マリアンが馬をおりるのに手を貸して、その馬もそばの木につないだ。

「テキサスは想像していたのと違うわ」マリアンは浅い川の流れを見つめ、のどかな川の音に耳を澄ました。「全体に木が少ないし、それにとても広大な土地が続いていて……」

「ジョージアはこういうふうじゃないのかい？」ウォードが大きな樫《かし》の木の下でのびをする。

「ええ、違うわ。メスキートの木もないしね。でも東部のサバンナあたりには巨大な樫がたくさんあって、アトランタの近くではハナミズキや楓《かえで》や松があちこちで見られるの。ここみたいに土地が地平線のかなたまで続いているところはないわね。ただ、ジョージアの南東部だけはテキサスに似ているわ。とげだらけのサボテンも生えてるし、ガラガラヘビまでいるのよ……」

ウォードは木にもたれかかり、腕組みをした。「ホームシックになったかな?」

「それが全然なの」マリアンは恥ずかしそうに打ち明けた。「ずっと、ほんとの牧場へ行きたかったから。その願いがかなったわけ。叔母さんのおかげね。早く叔母さんの具合がよくなるといいんだけど」

「よくなるさ」ウォードが笑った。「ぼくたちといるのがうれしくてたまらないみたいだからね。ぼくたちが事実を知ってるってこと、まだ話してないんだろ?」

「ええ、がっかりさせたくないから。でも、本当のことを言うべきだわ」

「そのうちね」ウォードはマリアンのからだに目を走らせた。「こっちへおいで」

マリアンは下唇を噛《か》んだ。「それはよくないと思うけど……」

「そうかな。ぼくにはわかってるよ、きみだってゆうべは一睡もできなかったはずだ。賭《か》けてもいい、きみの胸はぼくの胸と同じように震えてる」

そのとおりだったが、マリアンは不安だった。ゆうべ、途中でやめるのがどれほどつらかったか……。

「きみはぼくがほしいし、ぼくももちろんきみがほしい。ここにいるのはぼくたちだけだ。誰も見ていないし、聞いてもいない。さあ、愛しあおう」

マリアンの心は、ノーと言っていた。それなのになぜ脚はウォードのほうへ向かうのだろう? 狂ったように打つ心臓の鼓動に、理性の声はかき消される。砂漠では水を、寒さの中ではぬくもりを求めるように、彼女はウォードを求めていた。

彼が両腕を広げる。その腕の中に、マリアンは飛びこんだ。ああ、家に帰ってきたみたい。彼の大きなからだは温かく、両腕はわたしをやさしく守ってくれる。

ウォードは巨木の木陰の柔らかな緑の草の上へマリアンのからだを横たえた。シャツのボタンをはずすと、彼の裸の胸があらわになる。彼はマリアンのブラウスの裾《すそ》に手をのばした。彼女はその手首を握って制止しようとしたが、ウォードは手をゆるめることなく、ブラウスの裾から手を入れた。その手が背中のほうへ回り、ブラジャーのホックをはずした。

「どうしてこんなものをしてるんだい?」ささやきながら、乳房の脇を撫《な》でる。「邪魔だよ」

じらすような指の動きに、マリアンのからだは震えだした。「どうして抵抗できないのかしら?」

「おたがいに気持がよすぎて、理性が働かなくなるからさ」彼はマリアンの唇を見つめた。彼の指が、かたくとがった胸の先へ少しずつ近づいていく。「ぼくは我慢できないくらい興奮している。ここにぼくがふれると、ほら、きみは……」

人さし指が胸の先にふれた。すると、マリアンは彼の下で身もだえして、息を吸いこんだ。

「その反応がぼくをどれほど燃えさせるか……。きみはぼくを激しく求めている、それを思っただけで、全身がかっと熱くなるんだ。この場できみを愛したら、きみはどんな反応をするだろう？　ぼくにはもう引き返せない、引き返すには、興奮しすぎてるんだ」

ウォードの大きな手がマリアンの胸を撫でた。じきにそれは温かな乳房を包みこみ、そして、唇が彼女の唇をふさいだ。彼女にはもはや抵抗できなかった。

ウォードが両手で乳房を愛撫《あいぶ》し始めると、マリアンはたまらず上体をそらした。彼の唇がマリアンの甘美な唇を味わおうと、容赦なく責めたてる。

マリアンが唇の位置を動かすと、ウォードは低くうめいた。彼女は目をあけ、ウォードの目を不思議そうにのぞきこんだ。

「そんなふうに唇を動かされたら、我慢できなくなるよ。それでもいいのかい？」

それでもよかった。彼女のからだは充足を求め、叫んでいたのだ。彼に全身を愛撫してほしい。彼の肌にふれたい。いちばん親密な仕方で抱きあいたい。

マリアンの目に欲望が燃えあがるのを見て、ウォードは思わずうめいた。彼はマリアンの手をとり、自分自身に押しあてた。

マリアンが身震いしてからだを引いた。そのとき、彼はようやくわれに返った。地面にあおむけになると、両膝を曲げて、両腕で顔をおおった。

「ごめんなさい」マリアンが唇を噛む。

「きみのせいじゃないさ」彼は歯を食いしばった。「ああ、痛い！」

マリアンはからだを起こした。どうしたらいいのか、なにを言ったらいいのかわからない。きっとものすごくつらいんだわ。わたしのせいね……。

ウォードは上体を起こすと、立てた膝に頭を乗せ、荒い息をついた。両手の拳《こぶし》を白くなるほど強く握りしめる。

「知らなかったの……男の人のからだがこんなふうに痛むなんて。ごめんなさい」

「きみのせいじゃないと言ったろう」ウォードはマリアンを見なかった。見られなかったのだ。痛みはまだ残っている。マリアンの魅力は強烈だ。次にこんなことになったら、自分を抑えられるだろうか……。

「わたしがもう少し経験があったら……」マリアンが腹だたしげに言う。

「そのことについて、これから話しあおうと思ってるんだ」

マリアンはうなだれているウォードを見つめ、呆然《ぼうぜん》としながらブラジャーのホックをとめてブラウスの裾をおろした。わたしは彼を愛している。彼も同じなのかしら？　そんなこと、ありえるのかしら。ひょっとしてわたしに結婚を申しこむのでは？

人生の記念碑ともなる言葉が発せられようとしている。マリアンはどきどきしながら、恥ずかしそうに立ちあがった。「話って？」瞳を輝かせ、笑みをたたえながら聞いた。

ウォードは顔をあげ、彼女の美しさに思わず息をのんだ。「きみがほしい」

「ええ、わかってるわ」

「きみも同じだろう?」

マリアンは顔を赤らめ、目を伏せた。「で、話って?」川のそばへ歩いていく。

「ぼくたち、このままというわけにはいかない」ウォードがゆっくりと立ちあがり、マリアンの前へ来た。「きみだってそう思うだろう?」

「ええ……」

「いつ抑えきれなくなるか自分にもわからない。たった今だってそうだ。男はこと肉体に関しては、あまり信頼できない生きもので、ぼくも例外じゃないらしい。最後までいきたくなる」

マリアンは息を吸いこみ、目をあげた。「それで、あなたはどうしたいの?」

ウォードは両手をポケットにつっこみ、マリアンの目を見据えた。「まず、きみのためにアパートメントを用意する。それからきみ名義の口座を開こう。必要なものはなんでも買えばいい。リリアンには、街で働いていることにしておけばいい。ラビーンじゃなくて、ビクトリアあたりがいいな。あそこなら車でも行けるし、大きな街だから好奇の目で見られることもないからね」

「牧場からはずいぶん遠いけど……」マリアンはいぶかしく思った。こんなかたちで、どうやって結婚生活を続けるのかしら?

「遠いからあれこれ噂《うわさ》にならなくてすむのさ。きみをゴシップにさらしたくないからね」

「ゴシップ？」思わず目をしばたたいた。これはプロポーズではないの？

「ぼくにとって自由がどれほど大切か、きみも知ってるだろ。ぼくには自由は捨てられない。これまで誰とも一緒に暮らしたことがないけど、これからはきみと部分的に生活を共有したいんだ。きみに金銭的な不自由はさせないし、ほかに女性をつくったりもしない。きみひとりだけだ。それに、ふたりの幸せのためにも、できるだけ時間をつくるよ」

なにもかもはっきりした。ウォードの険しい顔と決然とした瞳が、すべてを物語っている。

「わたしに愛人になれと言ってるのね」

ウォードはうなずき、マリアンのいちばん恐れていたことを肯定した。「きみに与えられるのはこれだけだ。これ以上は無理なんだ。ぼくは結婚を望んでいない。一度結婚を考えてひどい目にあっている。二度と同じ危険は冒せない」

「そんな関係でわたしが満足すると思ってるの？」

「満足するさ」ウォードはにやりとした。「ぼくが髪の毛の先まで満足させてあげるよ」

「でも……叔母さんのことはどうするの？」

ウォードはぎこちなくからだを動かした。口の中にいやな味が残っている感じだ。ゆうべはこの方法が正しいし、この方法しかないと思ったのに、今は自分の話がひどく安っぽく思える。「リリアンには事実は伏せておく」

「もしわたしが妊娠したら？　しないって保証はどこにもないわ」

ウォードはゆっくり息を吸いこんだ。子供……。子供のことは考えてもみなかった。ぼくたちの息子ができるかもしれない。それを思うと、ウォードは心がじんわりと温かくなるのを感じた。そして、そんな自分の反応に、彼は呆然とした。「妊娠……」言葉にして言ってみる。

「そうよ。これまではそういった問題は起きなかったの？」マリアンはふと思った。これまで彼のからだを何人の女性が通りすぎていったのかしら？

「これまでバージンと寝たことはない。きみほどほしいと思った女性もいなかったんだ」

「情けないわ」マリアンは背筋をぴんとのばした。「愛人になれだなんて、わたしのことをちっとも思っていない証拠だわ。わたしならこの提案を受け入れるだろうって、あなたに思わせるようななにかがわたしの側にあったのね。その点はわたしもあやまるわ。でもわたし、そんな安易な女性に思われてるとは、考えてもみなかった」

ウォードはうなだれた。「安っぽい女性ってことかい？　きみのことをそんなふうに考えたことは一度もないよ！」

「嘘《うそ》ばっかり」目に涙があふれてきたが、彼女は無理に笑った。「たくさんの女性たちに同じことを言ってきたんでしょ。きっと彼女たちの名前も覚えていないんでしょうね！」

ウォードはうろたえた。こんなはずではなかった。うまく事が運ばないどころか、彼女は泣いているではないか。「マリアン……」彼女に手をのばそうとした。

「さわらないで！」彼女は飛びのいた。「わたし、ばかだったわ。あなたがこんなことを言いだすのにはそれなりの理由があるんでしょうね。でも、わたしはお金持の男性の囲われ者になる気はないわ」

「待ってくれ」ウォードが彼女のほうへ近づく。

マリアンの両手がとっさに前に出て、ウォードの胸を押した。この程度ではびくともしないはずだが、土手はぬかるんでいた。彼はブーツをはいた足もとをすくわれて、後ろ向きにすべった。ぼちゃん、という大きな水音がした。

マリアンはびしょ濡《ぬ》れのウォードを見もしないで、馬のほうへかけていき、木の幹に回した手綱をほどいて、涙でかすんだ目で馬にまたがった。

ウォードは水をしたたらせながら立ちあがり、マリアンが去っていくのを見つめた。これほど自分を情けなく、愚かしく感じたことはなかった。いい解決法に思えたのだが……。ぼくは結婚など絶対にしたくない。どうして女性たちは結婚にこだわるのだろう。なぜ男性と同じようにただ楽しむってことができないのだろう。

そのとき、ウォードの目の前に、マリアンがほかの男性と〝楽しむ〟光景が浮かんだ。するとはらわたが煮えくりかえり、顔がまっ赤になるのを感じた。ウォードは遠ざかるマリアンの後ろ姿をなおも見つめた。彼女はここを出ていくに違いない。それを思ったとき、彼の心になんともいえないむなしさが広がった。

馬をかって家へ戻るマリアンの心もやはりむなしかった。条件はたしかにいい。喜んでもいいのかもしれない。だが自分が安っぽい女性に見られたという屈辱感はどうしようもなかった。なんて愚かだったんだろう。彼の望むことをなんでも許した、だから彼があんな提案を思いついたのだ。やすやすと彼の虜《とりこ》になり、親密な行為を許してしまった自分がうとましかった。

ここから出ていかなければ。これほど愚かだったのだから。これほど深く彼を愛して、からだで愛しあう歓《よろこ》びからぬけだせなくなっているのだから。

でも、叔母になんと言えばいいだろう。年老いた叔母は悲しむに違いない。それを思うと気が滅入《めい》り、マリアンは目を閉じた。熱い涙が目を焦がした。なぜここへ来たんだろう? 甘美な夢は、悲劇で終わってしまった。でもすべて自分のしたことなのだから、自分で責任をとるしかない。これから何年も続くひとりぼっちの生活が楽しいはずはない。なにより、ウォードと別れなくてはならないことがつらい。深く愛してしまったから。でもだからこそ、彼を失わなければならない。彼は結婚を嫌っているけれど、わたしは結婚を望んでいるのだから。

きっとあの提案を受け入れるべきだったのだろう。マリアンは惨めな気持で思った。でも、彼に囲われて、もてあそばれて、最後に捨てられるとしたら？　そんなことになるくらいだったら、今別れるほうがずっといい。それに愛人になれば自分という人間が嫌いになるだろう。

彼女は自分自身に言い聞かせた。プライドを持って、立ち直るのよ。彼女は顔をあげ、袖《そで》で涙をぬぐった。ジョージアへ戻る言いわけを考えなくてはならない。叔母の病気の回復のためにも、わたしがじきに戻ってくると思わせるような言いわけでなくては……。マリアンは必死で考えながら、家へ戻っていった。

9

リリアンはリビングルームに座り、しかつめらしい顔で雑誌のページをめくっていた。

マリアンは廊下で息を大きく吸いこむと、覚悟を決めてリビングルームへ入っていった。

「すてきな仕事を言いつかったのよ」

「なんの話?」

「ミスター・ジェソップがね、わたしに出張へ行くようにって。アトランタに遠い親戚《しんせき》がいるんですって。その人に話を聞きに行くの。いよいよ回想録の仕事にとりかかるのよ。ついでにアパートメントの家賃を払って、洋服も少し持ってくるわ」

リリアンの表情がなごんだ。「二、三日で戻るんでしょ?」

「ええ。それにしても、あんなにいい人なのに、あとわずかしか生きられないなんてお気の毒ね」マリアンは横目でちらりと叔母を見た。「そんな人を好きになっても、仕方ないし」

リリアンはあわてた様子だった。そこまで考えていなかったのだろう。「ええと……治るかもしれないし。そう、治療法が見つかって、助かるかもしれないわ！」

「そうなったらいいわね」マリアンは無理にほほえんだ。

「ねえ、このごろあなたたち、よく一緒にいるようね。それに、おたがいを見つめあったりして」

マリアンは恥ずかしそうに目を伏せてみせた。「彼、とってもハンサムだから」

「そして、あなたはとってもかわいらしいわ。アトランタへはいつ？」

「今日の午後よ！」マリアンは顔を輝かせた。「早く行って、早く戻ってきたいのよ」あわててそうつけ加える。

「じゃあボスに空港まで送ってもらうの？」リリアンが身を乗りだしてきいた。

「いいえ、バスで。飛行機は嫌いなのよ。どうしても乗らなければいけないときは仕方ないけど」実は航空券を買うお金がなかったのだ。仕事もなくなってしまったし、貯金も少ない。その少ない貯金で家賃を払い、仕事が見つかるまでなんとか生活しなければならない。

「バスですって？」リリアンがけげんそうにきく。

「彼があとから追いかけてくれるの。わたしたち、その車で戻るかもしれないわ」

リリアンは納得したようにほほえんだ。計画がうまくいっていると思ったのだろう。

「荷物をつめるのを手伝いましょうか？」

「ひとりでできるわ。忙しくしてるほうがいいし」マリアンは叔母にキスした。「わたしが戻るまでには、元気になってるわよね」

「もちろんよ。骨折しただけじゃないの。薬だってちゃんとのんでるし」

マリアンは二階へ行き、ボストンバッグに荷物をつめこんだ。それからバス会社へ電話をして時刻をきくと、さいわい、一時間後に停留所に着く便があった。バッグを握りしめ、階段をかけおりたとき、ウォードが家に入ってきた。彼は全身ずぶ濡《ぬ》れで、その顔には怒りが浮かんでいた。

「ミスター・ジェソップ、叔母には出張ということにしておきましたから」それから、リビングルームにいる叔母の耳に届くようにわざと大声で言った。「あら、どうしたんですか？　びしょ濡れだわ！」彼の足もとにひざまずいて、ここに置いてくれるよう哀願したくなる。だが冷静さをよそおい、階段をおりていった。まだプライドが残っていた。

「まあたいへん、着替えをなさらなくては」リビングルームでリリアンが騒ぎだす。

「すぐ着替えるよ」ウォードはマリアンの手のバッグに目をとめ、彼女をにらんだ。「いつ出ていくんだい？」

「一時間後のバスに乗るわ。誰かにバス停まで送ってもらえないかしら？　これも回顧録のための取材旅行だから」

「ビリーに、ぼくからだと言って頼むといい」

「ありがとう」崩れそうになるプライドをなんとか保ちながら、マリアンはバッグを握りしめた。「じゃあね」

ウォードは答えない。

リリアンがリビングルームの入口でいぶかしげにきいた。「ボスが送ってくださるんじゃないんですか？」

「だって、ずぶ濡れだもの」マリアンが叫ぶ。「これ以上、彼の病気をひどくしてはいけないわ」

「そう、もちろんそうね」リリアンはあわてた様子で相槌《あいづち》を打つ。「でも彼女にはいまわしい体験があるのよ。ひとりで行かせるなんて……」

「彼女は強い」ウォードはきっぱりとリリアンに言い、いまいましそうにマリアンを見た。「大丈夫だ」

「ええ、わたしなら大丈夫」マリアンは答え、そして小声でつぶやいた。「ごめんなさい、叔母さん」

「遅れるぞ」氷のように冷たい声がうながす。

マリアンはにっこりほほえむと、ウォードの前を通ってリリアンのそばへ行き、キスをした。

リリアンは姪《めい》を抱きながら、顔をしかめた。「なにかあったの？」

「なにも」叔母の耳もとでささやく。「わたしが行ってしまうのが、彼、寂しいの。そのことを隠したいからぶっきらぼうにしてるのよ」

「ああ、そういうこと」だがリリアンはまだ不審そうだった。

「じきに戻るわ」マリアンは約束すると、ウォードの前を通りすぎた。彼はホールの絨《じゅう》毯《たん》の上に水をしたたらせながら、両脇《りょうわき》で手を握りしめている。「さようなら。かぜをひかないでね」

「ぼくが肺炎で死んだら、きみの良心も少しは痛むかな」

マリアンは玄関口で振り向いた。「肺炎もあなたにとりついたりしたら、逆に殺されてしまうわ。それより、絨毯を濡らしてるわよ」

「ぼくの絨毯だ。どうしようと勝手だろ」

マリアンはウォードの目をのぞきこんだ。その目にはやさしさはみじんもなく、一時間前の恋人の姿は、もはやどこにもなかった。

「バス代は足りるのかい？」

「足りなかったらウエイトレスでもするわ。あなたのお金なんかただの一セントだってほしくない！」

ウォードはマリアンを引きとめる言葉を探したが、見つからないうちに彼女はさっと彼に背を向け、出ていった。

「あの娘《こ》、怒ってたみたいね」リリアンが松葉杖《まつばづえ》をつきながらウォードのそばに来た。「寂しくなるわ」ウォードを見あげる彼女の目には、後悔が浮かんでいた。「わたしがあの娘にしたつくり話はご存じのようですね」

「うん、知ってるよ」

リリアンは肩をすくめた。「わたしももう年だし、あの娘はひとりぼっち。だから、あの娘に誰かいい人ができたらと思っただけなんです。すみませんでした。許していただけます？ マリアンにも手紙を書いて説明します」

「とっくに許してるよ」

リリアンは弱々しくほほえんだ。「悪い娘じゃないんです。もしわたしが……この事態をうまく収拾して、それにキューピッド役をやめると約束したら、あの娘をまたここへ呼んでもいいですか？」

ウォードは静かにリリアンを見た。「ぼくらの話が聞こえたんだね」

「針が床に落ちる音も聞こえるほど、耳がいいものですから」リリアンはウォードを見あげた。「あの娘、大丈夫ですよね？」

マリアンのことなどどうでもいい。ウォードはそう思おうとしたが、できなかった。彼女を行かせたくはない。でも仕方ないのだ。なぜなら、ぼくは結婚したくないのだから。

「彼女なら大丈夫だよ」ウォードは自分のためにも、そしてリリアンのためにもそう願った。でも、もし彼女がほかの男性と結婚したら？　ウォードのからだがかっと熱くなる。そのとき、車の音がした。ふたりが窓の外を見ると、ビリーの運転するトラックが通りすぎるところだった。助手席にはマリアンの姿があった。

ウォードは顔をこわばらせ、なにも言わずにくるりと窓に背を向けて二階へあがっていった。


アトランタに戻って一週間がたち、マリアンは泣き暮らす生活からようやくぬけだしつつあった。貯金はわずかだが、翌月の家賃を払うには充分だ。テキサスでのことを忘れたくて、日用品を買いに出かけたり、部屋を掃除したりしてせっせとからだを動かした。

勤め先を見つけることがいちばん大きな問題だった。職業紹介所へ足しげく通い、ようやく見つけたのが銀行の出納係の口だった。数字や計算は苦手だったが、贅沢《ぜいたく》を言っている場合ではない。アトランタのダウンタウンにあるその大きな銀行に採用された彼女は、コンピューターの使い方や帳簿のつけ方などの退屈な研修を受け始めた。

ある夜、リリアンから電話があった。「ごめんなさいね、つらい思いをさせてしまって……」しわがれた声で彼女は言った。「わたしがあの世へ行ったら、あなたはひとりぼっち。誰か頼りにできる人がいればと思ってね、ただそれだけだったのよ。でも、当分は死にそうもないとわかったわ。なにかあったらわたしを頼りにしてね」

マリアンは叔母の気づかいに心を打たれた。「わたしなら大丈夫」彼女は明るく答えた。「急に帰ってしまってごめんなさい。きっと、わたしたちが大喧嘩《おおげんか》したことに気づいてると思うけど」

「ええ。ボスがバス代のことをきいたとき、だめだと思ったわ……。ふたりとも、わたしがつくり話をしてたことを知ってたんですってね」

「ええ、最初から。でもだまされているふりをしてたのよ。もうキューピッドのまねはしないで。叔母さんがおむつをして、弓矢を持っても似合わないもの」

リリアンは笑った。「一時間ほど前、ボスはハワイへ発《た》ったわ。仕事だと言ってたけど、ブリーフケースは持ってなかった。ボスはこのところずっと元気がなくってね」

ウォードの本性を知る前のマリアンなら、この言葉に喜んだだろう。だが今の彼女は違った。彼が持ちだしたあのひどい提案のことを話してしまいたい。だがそんなことをしたら、叔母が彼に抱いている幻想は木端みじんになってしまう。ウォードは叔母にはとてもよくしてくれるし、そうするだけの財力もある。結局、彼が目のかたきにしているのは、若い女性だけらしい。「じきに帰ってくるでしょ。ハワイでまたいい人を見つけて、誘いをかけてるんじゃないの？」

「あなたにも誘いをかけたの？」叔母の声ははずんでいる。

マリアンはうめいた。「ええ、そうよ、それが叔母さんの望みだったんでしょ。叔母さんの望みどおり誘いをかけてはきたけど、彼、結婚する気は全然ないのよ」

「初めから結婚する気でいる男性なんていないわ。その気になるようにリードしなきゃ」

「彼をリードするですって？　底無し沼にならリードしてあげてもいいけど」マリアンは暗い口調で言った。

「彼を忘れられる？」

「いつかは、きっとね」

「そう……」リリアンはため息をついた。「今度のことは本当にごめんなさいね。愛してるわ、マリアン」

マリアンは心ならずもほほえんでいた。「わたしもよ。からだに気をつけてね。お薬、ちゃんとのむのよ」

「ええ、大丈夫。おやすみなさい」

マリアンは電話を切ると、受話器を見つめた。そう、彼はハワイへ行ったのね。いい気なものだわ。かぐわしい風、咲き乱れる花々、フラダンスを踊る美しい女性たち……。彼がいつまでも落ちこんでいるはずはなかったのよ。愛人にならなくて本当によかった。少なくとも自尊心だけは持ち続けられるもの。「それさえあれば、冬の夜も暖かいわ」マリアンはぼそりとひとり言を言って、眠りについた。

銀行での仕事はそれなりに楽しく、いい人たちとも知りあった。同僚のリンディやマージと仲良くなったし、それにラリーという名の若い副社長補佐とも。彼は赤毛で独身、人柄も温厚で、働きだして二週間目にコーヒーとパンの朝食を一緒にした。

大丈夫、ウォードなしでもやっていけるわ。

だが実際には、そう思いこもうとしているだけで、ウォードの思い出から逃れることはできなかった。目を閉じると彼の温かく激しいキスと、大きな手のうっとりするような動きがまざまざとよみがえる。彼と一緒にいると限りない安らぎをおぼえた。欠点は多かったが、彼ほど男らしい人はいなかった。マリアンは、愛があれば多くを許せることを知った。ウォードに会いたかった。会いたくてたまらなかった。黒い髪の長身の男性を見ただけで胸が高鳴った。深く低い声を聞いても、テキサスナンバーの車を見かけても同じだった。こんなことで立ち直れるのだろうか……。

翌週、リリアンがどうしているか気になって、テキサスに電話した。だが電話に出たのは叔母ではなかった。

ウォードの低い声が答えた。「もしもし?」

マリアンの心臓の鼓動が速まる。叔母が出るものとばかり思っていたのに。

「もしもし?」彼がいらだたしげに繰り返した。

マリアンは呼吸を整えた。「リリアン叔母さんをお願いします」よそよそしい声で言う。

「やあ、マリアン」ウォードが静かに言った。「元気でやってるかい?」

「ええ、とても。叔母さんはどうですか？」

「元気だよ。教会の集まりがあってね、ビリーが送っていった。九時ごろには戻ると思うよ。仕事は見つかった？」

あなたには関係ないでしょ、そもそもわたしが失業したのはあなたのせいなのよ。そう叫びたかったが、ウォードの声を聞いて、プライドが頭をもたげた。「ええ、銀行で働きだしたの。大きな銀行だし、アパートメントからもわりと近いの。同僚はいい人たちで、お給料も修理工場よりいいわ。心配しないで」

「そう言われたって心配だよ。それに、きみに会えなくて、寂しくてたまらない」彼は吐き捨てるように言った。まるで、言いたくない言葉ででもあるように。

マリアンは目を閉じ、受話器を握りしめた。「そう？　想像できないわね」

「近いうちに、想像できるようにするかもしれないよ」低く、セクシーな声が答える。

「はっきり言ったでしょ、銀行口座の大金やビクトリアの贅沢なアパートメントには興味ないって」

「それはわかってる。電話でなく会って話せればいいんだけど。きみのことは、人生最大の過ちだった。でも、話をすればその理由も少しはわかってもらえると思うんだ」

過ち？　一緒に過ごしたあの魔法のような時を、ウォードは過ちとしか感じていない。マリアンの目に涙があふれた。だが彼女は努めて冷静な声で言った。「説明の必要はないわ。よくわかっているから。あなたは自由をとても大切に思っているのよね」

「それだけじゃない。ぼくが結婚するつもりだった女性のこと、リリアンから聞いただろ?」

「ええ」

「彼女と母のせいで、ぼくは女性のことを金銭欲の強い身勝手な人種だと思いこむようになってしまった。だから女性のことは、利用はしても利用されるのはごめんだったし、肉体的な行為に対してもビジネス上の契約と同じように金を払ってた。でも、それもきみが現れるまでの話だ。きみはぼくをすっかり変えてしまったんだよ」

ウォードがこのような話をほかの女性にしたことはないだろう。そう思うとマリアンはうれしくもあり、とまどいもした。彼は今、〝過ち〟を犯した理由を説明して、彼女と友達になろうとしているのだ。マリアンは彼が部屋にやってきた夜のことを思いだした。あのときの彼もやはり〝友達〟になろうとしていた。同じことの繰り返しでしかない……。

マリアンの心にともった希望の火は、またたく間に消えてしまった。

マリアンは静かに言った。「あなたは変わらない。わたしも時代遅れの堅物のまま変わらない。きっとリリアン叔母さんの年になるころには、叔母さんそっくりになってるわ。教会の集まりに出かけて、ほかの女性たちのためにキューピッドの役をして……。もう、切るわ」

「待って、マリアン、聞いてくれ！」

「さようなら、ウォード」

涙で声が震えだす前に、マリアンは電話を切った。かけ直しはしなかった。叔母には彼女が電話したことをウォードが伝えてくれるだろう。電話をして彼がまた出たらと思うと、とてもかける気にはなれなかった。

翌朝出勤したマリアンは青い顔をし、目は充血していた。彼女は機械的に仕事をこなした。電話に出て、新しい口座を開き、客にほほえみかける。だが心はウォードに、彼の声の響きに、そして彼の思い出にあった。

この状態からぬけだせるのかしら？　いえ、ぬけださなければならないのよ！　カップルとはそれぞれ、もともとひとつだったものの片方だという。ウォードに出会うまでは、その言葉がぴんとこなかった。だが彼と別れて自分のからだの一部がもぎとられたように感じる今、マリアンにはその意味が実感としてわかるようになっていた。

昼休みの少し前に、デスクの上に長い影が落ちた。マリアンは目をあげることもしなかった。

「少々お待ちください」彼女は新しい口座の記載を終わると、笑みをつくっておもむろに目をあげた。そしてその姿勢のまま凍りついた。

ウォードがそこにいた。盲目だった画家が突如視力をとり戻したかのようなまなざしで、マリアンを見つめている。グリーンの瞳は彼女の顔の陰影のひとつひとつ、線の一本一本を追っていた。彼は無言だった。マリアンの耳からは人々の声も、指がキーボードをたたく音も、電話の音も、すべてが遠のき、自分の荒い呼吸と心臓の鼓動だけが大きく聞きとれた。

ウォードは優雅なベージュの三つ揃《みぞろ》いのスーツを着ていて、実際よりもさらに長身に見えた。手にはカウボーイハットを持っている。顔はひとまわり細くなり、やつれてもいるようだ。ゆうべ眠れなかったのか、グリーンの瞳はマリアン同様、充血していた。そんなウォードを見ながら、マリアンは改めて思った。彼ほどハンサムな男性を見たことがない。もし彼があれほど冷酷な人間でさえなかったら……。

「いらっしゃいませ」マリアンは冷たく、事務的に挨拶《あいさつ》した。

「やめてくれ。長い時間、飛行機に乗ってきたんだ。朝食も食べていない」

「ここは職場です。古い知りあいと世間話をする時間などありません。もし口座をお開きになりたいのなら、喜んでお手伝いいたしますけど」

「口座など開きたくない」

「じゃあ、どんなご用ですか？」

「きみを連れ戻しに来た。きみの上司は辞めるのを残念がるだろうが、わかってくれるさ。今すぐに、ぼくと帰るんだ」

マリアンは目をしばたたいた。聞き間違いよ、そうに決まってる。「今すぐに、なんですって？」

「ぼくと帰るんだ」ウォードは繰り返した。「ぼくの健康状態を忘れたのかい？　ぼくは死にかけてる。不治の病に冒されている。もっとも、医学の進歩のおかげでいずれは助かるだろうけどね」

マリアンは呆然《ぼうぜん》と彼を見つめた。いったい彼はなにを言っているの？

「きみはぼくが回顧録を書く手伝いをするんだ」

「あなたは死にかけてなどいないわ！」マリアンはようやくわれに返って叫んだ。

「しーっ！」ウォードはあたりを見回した。「大声を出さないで」

「辞めるなんてとんでもない！　まだ勤めてひと月もたっていないのよ！」

「でも辞めなけりゃならない。もしひとりで帰ったりしたら、ぼくはリリアンに飢え死にさせられてしまう。彼女は食事でぼくに復讐《ふくしゅう》してるんだ。量は減るいっぽうだし、デザートは砂糖ぬき。まるでダイエット食だ」

マリアンはウォードをにらみつけた。「わたしには関係ないわ。そんなくだらないことを言うためにわざわざ来たの？」

「きみを連れ戻しに来たと言ったろ。どんなことをしても連れて帰る。なんならかついでいこうか？」

「そんなことしたら、大声で叫ぶわよ」

「いいよ。きみが急な発作に襲われたから病院へ連れていくっていえば、みんな納得するさ」

ウォードの頑固さは筋金入りだ。マリアンはいろいろな可能性を考えた。もし力ずくでかつぎだされでもしたら、わたしの信用はがた落ちだわ。でもみんなの前で言い争えば、同情を集めるのは〝病身の〟彼のほう。わたしは冷酷な女にされかねない。結局、彼の作戦勝ちなのね。

「なぜなの？　どうしてわたしをここにいさせてくれないの？」

「リリアンが寂しがってるからさ」

「叔母さんとは電話でおしゃべりできるわ。わたしがテキサスへ戻って、おたがいの生活をわざわざややこしくすることはないでしょ」

「実を言うとね、ぼくの生活は今、かなり退屈なんだ」ウォードはため息をついた。「債務者から抵当をとりあげても、ちっとも楽しくない。それにいとこのバドがうちに泊まっていてね。あいつと一緒だと頭がおかしくなりそうになるんだ」

いとこのバドといえば、ウォードのフィアンセだった女性と短いあいだ結婚していた男性だわ。ウォードがそんな男性を歓待するとは思えない。「彼を家に入れるなんて、驚きだわ」

ウォードはマリアンをまじまじと見つめた。「じゃあ、きみも全部知ってるんだね」

マリアンは赤くなって、目を落とした。「叔母さんから聞いたの」

ウォードはため息をついた。「バドは祖母のお気に入りだからね。家に入れないなんて言ったら、うちへ飛んでくるに違いない。せっかくベリンダの家で楽しくやってるのに、祖母の心をかき乱すことはないからね」

マリアンはミセス・ジェソップのことも叔母から聞いていた。ウォードは彼女と一緒にいるのは苦手なのだ。思わず笑みがもれそうになる。「お客さんがもういるんなら、ふたりめは必要ないでしょ」

ウォードは肩をすくめた。「部屋はたくさんある。それに秘書が辞めてしまったんだ。それで、事務を手伝ってくれる人間が必要でね。きみが言う額の給料を出すつもりだ」

「そもそも、わたしをテキサスから追いだしたのはあなたなのよ」マリアンは射るような目でウォードをにらんだ。「わたしに愛人になれと言って！」

ウォードの頬がふいに赤くなった。彼はぷいと横を向いた。「きみはこの仕事を好きにはなれないよ。数字は苦手だと言ってたじゃないか」

「食べていかなきゃならないの。働かなくちゃお金は稼げないでしょ！」

「うちで稼げばいい。叔母さんと一緒に暮らして、バドがぼくの牛を売り払わないように、ぼくを助けてほしいんだ」

「牛を売り払う?」

ウォードのたくましい肩が大きく上下した。「バドは牧場の十パーセントの権利を持っている。あいつが十八歳のころ、ぼくはちょっと弱気になっていて、牧場の一部をあいつに卒業祝いとして贈ったんだ。その十パーセントについて、あいつが牧場のどの部分を欲しがるか、わからない」手にしたカウボーイハットの埃《ほこり》を手で払う。「あいつは今、純血のサンタゲルトルーディス牛についての資料を手に入れようと、かぎまわってるんだ」

「もしも、もしもよ、わたしが行ったとして、バドのことでどんなお手伝いができるの?」

「事務室にいてくれればいい。あの牛がどこにいるかは、コンピューターを調べなければわからないんだ。だからコンピューターを見張っていてくれればいいんだよ」

それがただの言いわけにすぎないことは、マリアンにもわかった。ウォードは今でもわたしのからだがほしいんだろうけど、それよりも大きな理由は、リリアンをなだめることに違いない。ひょっとして叔母の具合が悪いのでは? マリアンの顔に不安が浮かぶ。

「叔母さん、本当に元気なの?」

ウォードはうなずいた。「リリアンはそのことではきみに嘘《うそ》をついてないよ。ただ、寂しいんだね。きみが出ていってから、しょげていて」それは彼自身も同じだったが、口に出しては言えなかった。

マリアンは鉛筆をもてあそびながら、ウォードの申し出を考えていた。ここから出ていってとはっきり言えば、彼はきっとそうするだろう。そしてわたしは二度と彼に会うことなく、ひとりで暮らすことになる。そんな人生で満足なの？　長く、孤独な生活がずっと続くのよ……。

「一緒に来てくれ、マリアン」ウォードがやさしく言う。「ここはきみのいるところじゃないよ」

マリアンは顔をあげなかった。「牧場から出ていくときにあなたに言ったことは、本心よ。もし牧場へ戻ったとしても、あなたには、そのう……」

ウォードはそっとため息をついた。「心配することはないよ。きみを愛人にしようなんてことは、もう絶対に考えない。誓うよ」

彼女はからだをかたくした。「それなら行くわ」

ウォードはぎこちなくほほえんだ。「そうと決まったら、行こう。チケットはもう買ってあるからね」

マリアンは眉をきっとあげた。「それほど自信があったわけ？」

「いや、まったく。きみに断られたら、隣の席にはこの帽子を置くつもりだった」

マリアンはかすかにほほえんだ。「ほんとのテキサス人は帽子を床の上に置いて、ブーツは帽子かけにかけると聞いたけど？」

「あたってるよ。あいた席にブーツを置いてもいい。でも、やっぱりきみに座ってもらいたい」

マリアンは立ちあがった。「上司に話をしてくるわ」

「ここで待ってるよ」

マリアンは上司に辞職することをすまなそうに伝えると、バッグを持ち、仲良くなったばかりの友達に手を振って、ウォードと正面のドアから出ていった。妙な感じだった。無謀なことをしているのはわかっていた。だがウォードの申し出を拒むには、あまりにも彼に心を奪われすぎていた。

ウォードはマリアンをアパートメントまで車で送り、彼女がリビングルームで荷物をつめているあいだ、部屋の中をぶらぶら歩き回っていた。

彼は小さな本箱に並ぶ分厚い本の背表紙を指で撫《な》でた。「英国チューダー家、古代ギリシャ、ヘロドトス、トゥキディデス——歴史の本がたくさんあるね」

「歴史が好きなの。ほかの時代の人たちがどんな生活を送っていたか読むのって、楽しくて」

「そうだよね。ぼくが好きなのは西部の歴史だ。とくに南北戦争から一八八〇年代にかけてのテキサス。コマンチェとカウボーイの時代についての本ならかなり持ってるよ」

マリアンは荷物をつめ終わると、部屋を眺めた。ウォードがいると、すべてのものがちっぽけに見えてしまう。

「ぼくたち、おたがいをあまり知らないね」ウォードが振り向いた。

「相手の女性を知ることには興味がないんでしょ。たしかそう言ってたわよね。少なくとも、その女性の知的な興味については無関心よね」

「その理由は説明したろ」ウォードのグリーンの瞳が、マリアンのブルーの瞳を見つめた。

「他人を信じることを覚えるのは、容易じゃないんだ」

マリアンはうなずいた。「でしょうね」でも、彼はわたしの住まいにとても興味を持っているようだけれど、どうして？　だが彼女にはきけなかった。「荷物はつめたわ」

ウォードはスーツケースをちらりと見た。「それで足りるかな？」

「一週間分よ。どのくらいいればいいか、言われていないから」

「それはあとで話しあおう。今は少しでも早く帰りたい」それからウォードは、部屋の中を見回した。「きみらしい部屋だ。明るくて、陽気で、心が安らぐ」

マリアンはここ数週間、明るくもなく、陽気でもなく、安らいでもいなかった。暗く打ち沈み、悲嘆に暮れていたのだ。それでも彼がこの部屋にそんな感想を持ってくれたのが、うれしかった。「川は流れていないけれど」

「そのほうがいいよ」ウォードはほほえんだ。「確率から言うと、ぼくは今ごろ川に落ちてるところだ」

マリアンはとまどい、咳払《せきばら》いした。「わざとつき落としたんじゃないのよ」

「本当？　わざとだと思えたけどな」それからマリアンの目を静かに見つめた。「愛人になってほしいと言ったとき、ぼくは本気だった。でも、あんな屈辱的な提案は二度としないよ」

「ありがとう。あなたがあんな提案をするように追いつめたのは、わたしにも責任があるわ。ごめんなさい。あんなことするべきではなかったのに」

ウォードはマリアンのそばに来て、彼女の肩に手を置いた。「でも、とてもすばらしかった」ためらいがちに言った。「過去を振り返るのはやめよう。ぼくたちのそういった関係はもう終わったんだから」

なぜか、マリアンはその言葉に傷ついた。「そうね」つぶやくように答えた。

彼女の絹のようなつややかな髪に目をやり、かすかなフローラルの香りをかぐと、ウォードの胸の鼓動は速まった。ずっと彼女を抱いていないし、キスもしていない。この腕に抱いて、キスしたい。狂おしくそう思ったが、彼はなにもしてはいけないと心に誓い、みずからを抑えこんだ。

「子猫は好きかい？」唐突にウォードはきいた。

「ええ、でもどうして？」ブルーの瞳が輝く。

「うちにいるんだ」ウォードはにっこりした。「土砂降りの雨の日に、リリアンが裏のドアのところで水に流されている母猫を見つけたんだ。母猫は助けられなかったけど、その翌朝、四匹の白い子猫が見つかったのさ。みんな瞳がブルーで……」ウォードはマリアンが困惑するような強いまなざしで見つめた。「きみと同じ色だ」

「叔母さんに猫を飼うのを許してあげたの？」マリアンは柔らかな声で尋ねた。

「大雨で……」彼は目をそらした。「外にいたら、溺《おぼ》れてしまうからね」

マリアンはだまされなかった。牧場で過ごしたのはわずかなあいだなのに、これほど彼のことがわかるなんて。「それだけ？」眉をあげてみせる。

ウォードは思わず顔をほころばせた。彼女はぼくという人間を知っている。「実は、バドは猫アレルギーなんだ」

マリアンは笑いだした。「まあ、悪い人ね！」

「ぼくは子猫が好きだ。あいつは猫が嫌いなら出ていけばいい。そうだろ？」

もし愛するということが、相手のいい面も悪い面もすべてを知って、そのどちらも同じように好きになることなら、今のわたしの気持はまさに愛だわ。「まったく、あなたって人は」彼女はため息をつく。「バドに意地悪しないでおく気はないの？」

「もちろんあるさ、彼がぼくの牛に手出しをしないで、素直に牧場を出ていくならね。あの牛のために、テキサスでも一、二を争うすばらしい二頭をかけあわせたんだぜ」

「きっとすごい牛なのね。でも、なぜバドはそれほどほしがるの？」

「たぶん自分の広告代理店のためだろう。牛を売った金で会社を大きくするつもりなんだよ」彼はカウボーイハットを両手で回した。「きみがほしいなら、子猫を一匹あげてもいいよ」

「買収というわけ？」マリアンはにやりとした。

彼女のその表情はチャーミングだった。ウォードもにやりとした。「そういうこと」小さな部屋の中を見回した。「ここは猫を飼えるのかい？」

「飼えると思うわ。尋ねたことはないけど」彼はもうわたしが戻るときのことを考えているのね。マリアンは惨めな気持になった。

ウォードは肩をすくめた。「でもここに戻りたくなくなるかもしれないよ」ゆったりとほほえむ。「ぼくのところで働くのが楽しくなるかもしれない。ぼくはいい上司だからね。毎週日曜日は休みにするし、毎晩九時までコンピューターの前にいてくれるだけでいい」

「まるで奴隷監督官ね。ひどいおじさん！」

意外にもウォードは笑わなかった。そのかわり、マリアンをじっと見つめた。「きみにはぼくは年齢が上すぎるかい？」

気をつけるのよ。マリアンは自分自身に警告した。大げさにとってはだめ、この老獪《ろうかい》な悪魔にだまされてはだめよ。「そんなことはないわ。あなたはそれほど年じゃないし」

「きみみたいな若い女性からすれば、ぼくはおじさんに思えるかもしれない」ウォードは彼女の瞳を見つめた。

その熱いまなざしに、マリアンは彼を大人に感じたときのことを思いだし、床に目を落とした。「終わったことだ、忘れようと言ったのはあなたよ」

「そうだったな」ウォードは静かに言った。「いいよ、それがきみの望みなら」

マリアンはウォードを見あげた。「これって袋小路だと思わない？　あなたは奥さんはほしくないし、わたしはいっときの愛人にはなりたくない。とすると、残された道は友達同士だけということね」

ウォードは帽子を握りしめた。「ずいぶんと簡単に言うね」

「それ以外どういう道があるの？　あなたは責任を負うことなく、結婚生活のいいところだけを手に入れる。で、わたしはなにを得られるの？　ボスの愛人としてちょっと有名になって、そのあと飽きられて、高価なプレゼントを手渡されて、思い出だけを抱いてひとりぼっちで生きていくのよ。自尊心もずたずたにされて、罪の意識にさいなまれて……。わたしにはひどく不利な取り引きよね」

「きみは大人の悩みをどれほどわかってるんだ？　白か黒しかないなら、物事は簡単だ。でも、たとえば女性が肉体を武器に男を誘惑して、夢中にさせて、彼を望まない結婚へと誘いこんだとする。そして彼女はなにもかも手に入れてから去っていったとする。この場合、男性はなにを得たと言えるんだい？」

マリアンにはショックだった。ウォードが女性をここまで嫌悪しているとは思わなかった。「彼女はあなたを誘惑したあと、あなたが与えるものが不充分だという理由で、ほかの人と結婚したの？」

ウォードの顔は今まで見たことのないほど険しかった。「そのとおりだよ。もしあのとき、愚かにも結婚していたら、彼女は精神的にも経済的にもぼくの喉をかっ切っていただろうね。しかも、ぼくが出血多量で死にそうなときでも、銀行へ行く途中にぼくのほうを振り向くことすらしなかっただろう！」

マリアンは彼の傷ついた目を、その引きつった顔を、見るのがつらかった。「ほとんどの女性が結婚に求めているものは、ひとりの男性を生涯かけて愛することよ。彼の世話をして、彼のことを気づかって、苦楽をともにすることよ。いい結婚とお金はあまり関係ないわ。おたがいに信頼しあって、思いやっていれば、幸せな結婚生活になるはずよ。そういったものは、お金では買えないわ」

ウォードの気持ちは揺らいだ。マリアンにはいつも驚かされる。彼女はぼくの心をかき乱す。こんな女性は今までいなかった。いや、キャロラインがいた。そう、キャロラインが……。「美しい言葉だね」マリアンの目を見つめ、苦々しげに言った。

「美しい理想よ」マリアンが訂正する。「わたしはそういった古い美徳を信じているの。そして、きっといつの日か、同じことを信じている男の人とめぐりあえると思っているわ」

「どこかの墓地でね」

「あなたって、シニカルなのね」

「さいわい、いい教師がいたものだからね」ウォードは帽子を頭に載せると、ひどく横柄そうに指先でその縁をつんとあげた。「準備はできたかい？」

「ええ」マリアンも彼と同じく不機嫌だった。

ウォードは片手にスーツケースを持ち、あいているほうの手でドアをあけた。マリアンは彼のあとから外へ出ると、ため息をつきながらドアに鍵《かぎ》をかけた。最近、彼女の生活には予測のつかないことばかり起きる。


飛行機の旅は実際よりも長く感じられた。空港で雑誌を買っておいてよかった。ウォードは帽子をさげて目を隠し、腕組みしたまま、ひと言もしゃべらなかったからだ。スチュワーデスがランチを配っても、彼はちらりと目をあげてそれを断った。よほど腹をたてているか、もしかしたら病気なのかも。マリアンはランチを食べながら考えた。でなければ、彼が食事を断るなんてありえないわ。

彼と喧嘩したことが悔やまれた。ウォードが腹をたてていれば、彼が誘惑してくる心配がないから、かえって好都合かもしれない。だがそれよりも、今後働きづらくなることのほうが気になった。そもそも、どうして彼の秘書を引き受けてしまったのかしら。あのときは、彼がはるばるやって来たのはわたしのことを少しは思っているせいかもしれないと、甘い期待があったのだ。だが今の彼の様子では、マリアンを迎えに来たこと自体を後悔し始めているようだ。情けなかった。あのとき、きっぱりノーと言うべきだった。

マリアンは食事の手を休め、ため息をつくと、ウォードにちらりと目をやった。「おなか、すいてないの？」

「すいてりゃ食べてるさ」

マリアンは肩をすくめた。「せっかく心配してるのに。飢えたければ飢えるといいわ」

ウォードは帽子の縁をあげてマリアンをにらんだ。「このまま飢え死にするのもいいかもな。きみの素朴でちっぽけな良心が、これから数カ月間は痛むだろうからね」

「それはないわね。あなたが飢えるのはあなたの勝手。わたしのせいじゃないもの」

「きみのせいで、食欲がなくなっちまったんだ」

マリアンの眉がきっとあがった。「あら、どうして？　説明していただける？　結婚という言葉を口にしたから？　わたしはいつか結婚したいと思っているだけよ。わたしが望むのは愛情と笑い、そしてベッドでのたくさんの会話なの。夫が望むものはなんでも与えるつもりよ、ベッドの中でも外でもね。あなたは好きに情事を続ければいいわ。いつかからだが衰えてそれができなくなったら、そのあとはひとりぼっちで、お金を数えながら生きるのね。わたし、ときどき孫を連れて遊びに行ってあげるわよ」

ウォードのグリーンの瞳がきらりと光った。「その気になれば、ぼくも結婚ぐらいできるさ。なにしろぼくと結婚しようと、女性たちがいつも群れをなしてるんだからね」

マリアンは口笛を吹いた。「あらそう？　四十歳に近づいているのに、まだ独身じゃないの」

「四十歳じゃない、三十五歳だ」

「同じようなものよ」

ウォードは口を開きかけたが、マリアンを恐ろしい勢いでにらみつけてから、なにやら悪態をついて帽子を目までさげてしまった。そして飛行機がテキサスに着くまで、押し黙ったままだった。

「家に着くまでずっとわたしを無視するつもり？」マリアンはクライスラーの中でとうとうたまらなくなって口を開いた。

「きみと話をすると、かならず言い負かされるからね」ウォードがぼそりと答えた。

「その反対だと思ってたわ。つっかかってくるのはいつもあなたのほうよ。わたしはただ、結婚して子供がほしいと言っただけだわ」

「その言葉はやめてもらえないか？」ウォードはシートの中でいらだたしげにからだを動かした。「考えただけでじんましんが出そうだ」

「なぜ？　あなたの子供じゃなくてわたしの子供のことを言ってるだけよ」

ウォードは歯ぎしりをした。あることに気づいたのだ。いとこのバドは若く、ハンサムで、しかも落ち着きたがっている。そんなバドが愛らしく清純なマリアンに会えば、ひと目ぼれするだろう。バドはぼくとは正反対だ。人あたりがよく、深く物事をつきつめないたちだから、キャロラインとのことでも傷は残っていない。だから恋愛を恐れてもいない。ぼくが本気で求めて、手に入れられなかった唯一の女性がマリアンだ。でもバドなら……。

ウォードはとっさにブレーキを踏んだ。

「なんなの？」マリアンは息をのみ、叫んだ。

「ウサギが飛びだしたんだ」ウォードは彼女のほうをちらりと見た。「すまなかった」

ウサギの姿など見なかったけれど……。マリアンはウォードを見つめた。彼の顔はまっ青だった。いったいどうしたというの？「大丈夫？」やさしい口調で尋ねた。彼のことが心配でならなかった。

その心づかいがウォードの胸にしみ、彼の気持ちは揺れ動いた。彼女のやさしさがからだにからみつき、がんじがらめに縛りつける。ぼくは結婚も子供も束縛も望んでいない！そう心の中で叫んでみたが、それなら今、この胸の奥で甘くうずき、心をかき乱しているのはいったいなんなのか？　性欲などでは決してない。

「ああ」ウォードは静かに答えた。「大丈夫だよ」

それから彼は突如、草むらの中のわだちとさして変わらない農道へ入って車をとめた。その道は閉ざされている門から牧場へ、さらに遠くの木立まで続いている。

「ここは祖父の土地だったんだ」ウォードはエンジンを切った。「ほら、向こうに木が見えるだろ。父はあそこで生まれたんだ。当時はひと部屋しかない小屋みたいな家だったそうだ。祖父が牛を追ってカンザスへ行っていたとき、襲ってきたコマンチェを祖母がライフル一丁で撃退したこともあるらしい」

ウォードは車からおりて、マリアンのために車のドアをあけた。「ここの所有者とは知りあいで、ぼくは自由に入れるんだ」マリアンのほうに手をのばす。

彼女はためらうことなく、華奢《きゃしゃ》な手を大きな手に預けた。彼の指が温かく彼女の手を包みこみ、マリアンの全身がうずいた。

ウォードと並んで歩いていると、自分がとても小さく感じられた。彼はフェンスの門をあけて通りぬけ、それをしめてから、不思議そうに眺めているマリアンににやりと笑いかけた。

「門をあけっぱなしにして牛を逃がしてしまったまぬけがいたら、牧場主はそいつを撃ち殺してもいいとされてたんだ」ウォードはまたマリアンの手をとって、ぬかるみの道を歩きだした。

「このあたりは本当にインディアンに襲撃されたことがあるの？」

「そうだよ。コマンチェ以外にも、メキシコ人の盗賊団に襲撃されることもあった。牛泥棒は当時、ビッグビジネスだったからね。今だって、このあたりでは牛泥棒が出没するんだよ」ウォードは大きくのびをして、周囲のメスキートや樫《かし》の木立、そして広々とした牧場をひとわたり見渡した。「ここは美しい。平和で、素朴で……ぼくはこの土地に飽きることがない。やっぱりアイルランド人の血が流れているせいかな。祖母は自分をイギリス人だと言ってるけど、曾祖母《そうそぼ》の旧姓はオマラなんだ。オマラというのはアイルランド系の姓だからね」

「おばあさまはきっとアイルランド人が好きじゃないのね」

「うん。たぶんね、戦争中に向こう見ずなアイルランドの青年に捨てられたからだと思うよ」

「いつの戦争?」マリアンは用心してきいた。

「それが聞けなくてさ」彼は共犯者のような笑みを浮かべる。「祖母がほんとは何歳なのか、よくわからないんだ。ぼくだけでなく親戚の誰も知らないんだよ」

「まあ、すてき」マリアンは笑った。

ウォードはかすかにほほえみながら、マリアンを見つめていた。ぼくと一緒にいるときの彼女は、まるで別人だ。銀行にいた青白い顔の物静かな女性が、今は生き生きと輝き、なんとも美しい。古い建物や木立のあいだを歩いている彼女の姿を、彼は目で追った。マリアンはすべてを新鮮に、刺激的に変えてしまう。ウォードがそばへ行くと、彼女は輝きを増す。それが彼を困惑させ、同時に興奮させる。ひょっとして彼女はぼくに気があるのかもしれない、愛しているのかもしれない……。

そのとき、マリアンが顔を薔薇色《ばらいろ》に染めて、突然振り向いた。「ウォード、見て！」ピンクの薔薇が咲いていた。四方にのびたつるのあいだに、たくさんのピンクの花がかたまって咲いていた。「ああ、いい香り！」

「わが家の言い伝えによると、ここの薔薇は父の祖母のミセス・オマラがジョージアのカルハウン郡からはるばる持ってきて、大事に育てたんだそうだ。植木鉢を抱えて幌馬車《ほろばしゃ》に揺られながら西部へ来て、火事や洪水、追いはぎやインディアン、それに好奇心旺盛《こうきしんおうせい》な子供たちから薔薇を守ったそうだ。今もその薔薇はここにある。土地と同じようにね」ウォードの瞳は誇りに満ちていた。「この土地はぼくたちが死んだあともずっと生き続けるだろうし、ぼくたちがいろいろ手出ししたって、ほとんど変わることがない」

マリアンはほほえんだ。「まるで牧場主みたいなせりふね」

「ぼくは牧場主だよ」

「油田主かと思ってたわ」

ウォードは肩をすくめた。「以前は、石油こそ世界でいちばん重要なものだと思っていた。でも今は、本当にそうなのかどうかわからなくなってる。最近、ぼくの生活はなにもかも混乱してるんだ」マリアンを真正面から見据えた。「きみと会うまでは、ぼくは幸せ者だった」

「なにも考えていなかっただけじゃない?」マリアンはすまして答えた。

「意地が悪いな!」グリーンの瞳がいたずらっぽく光った。

マリアンは声をあげて笑い、かけだした。グレーのたっぷりとしたスカートに、ピンクのかわいらしいブラウス。黒っぽい髪が日の光にきらめいている。ウォードもかけだし、そのあとを追った。そのとき、マリアンのすぐ前の草むらで、なにか派手な色合いのものが動いた。

「マリアン、とまれ!」

片足を宙に浮かした姿勢で、彼女はとまった。足もとは見ない。見なくても、蛇が大嫌いな彼女には、ウォードの警告の意味がわかっていた。

「動くな!」ウォードは地面に落ちている樫の枝を拾いあげた。「動くな、息もするな。そう、いいぞ。じっと静かに立っているんだ……」大きく回りこんで彼女の前に行き、握っている枝を激しく打ちおろした。フライパンの上のベーコンのような、しゅっしゅっという狂おしい音がした。そしてとぐろを巻いた血まみれの塊が地面に転がった。

ほんの数秒前、自分の命を奪っていたかもしれないものが、目の前に横たわっている。マリアンは恐怖に目を大きく見開いたまま、ウォードに礼を言おうと口を開きかけた。だがそのとき、彼が抱きすくめ、荒々しく彼女の口をふさいだ。

マリアンは息をすることも、動くこともできなかった。彼のキスは言葉では言い表せないことを語っていた。無事で本当によかった、きみをとても大切に思ってるんだ……。マリアンはウォードの広い肩に腕を回し、熱を帯びた激しいキスを、彼の荒々しい情熱を味わった。

「危なかった」ウォードがささやく。小麦色の顔は蒼白《そうはく》に変わり、瞳は深い色をたたえている。「あと一歩踏みだしていたら、噛《か》みつかれてた！」

「もう大丈夫よ、ありがとう」マリアンはようやくほほえむと、彼の頬から口へ指を走らせた。「本当にありがとう」

ウォードは開拓時代の男たちならそうしたように、地面からマリアンの足が浮くほどきつく彼女を抱きしめた。彼の顔は誇りに満ちていた。「それなら礼をしてくれ」彼は唇を開きながら、マリアンの口に近づいていく。

マリアンは熱烈なお礼をした。そのため、ウォードは彼女からからだを離さなければならなかった。からだの奥の熱いうずきを、知られたくない。ウォードは荒い息をしながら、マリアンの腰を抱いて、彼女の頬が赤く染まるのを見つめた。

「二度としないと、ふたりで誓ったよね」

マリアンはうなずき、彼の目を見た。

「ただ、今回は特別の事情があったから」

「ええ」マリアンはつぶやくと、さきほどのキスの味を思いだし、ウォードの唇に目をやった。「特別よね」

「そんなふうに見つめないでくれ。キスだけでは終わらなくなってしまう」

マリアンは目をそらし、ウォードから離れた。彼が大人であることをまた思い知らされた。わたしは彼の女性たちのひとりにすぎない。それを忘れてはだめ。そう自分に言い聞かせる。彼が蛇を見つけてあんなふうに反応したのも、たんなる責任感からで、個人的な感情から出た行為ではないのだから。「助けてくださってありがとう」彼女は胸の前で腕を組み、車に向かった。

「足もとに気をつけるんだよ」ウォードが後ろから声をかける。「一度驚かされれば充分だからな」

驚かされたのはわたし？　それともあなた？　そう尋ねたかったが、疲れきっていて言えなかった。唇がウォードのキスを痛いほど求めていた。どうして彼の言いなりになってついてきてしまったのかしら。わたしはウォードに対してこんなにももろい。彼との関係になんの未来もないまま何日間も、ことによったら何週間も彼と同じ屋根の下で生活する……。そんなことにはたして耐えられるのかしら。

10

そのあと牧場へ着くまで、ウォードは黙ったままマリアンを見つめていた。そのままなざしに彼女の胸は高鳴った。彼の腕がのびてきて、彼女の手を握る。動悸《どうき》がさらに激しくなる。ラビーンの町に入って車が多くなり、彼は手を離さなければならなくなった。するとマリアンの心は急に沈みこんでしまった。

そんな自分を、彼女はどうしていいかわからなかった。ウォードを信頼しきれてもいないし、彼女を連れ帰った彼の本当の気持もわからない。結局、彼はわたしが思うほどにはわたしのことを思っていないんじゃないかしら？

家に着くと、リリアンが飛びだしてきてふたりを迎えた。とても元気そうで顔色もよく、脚もすっかり治っているようだった。

「ほら、見て」リリアンはジグダンスを踊ってみせた。「よくなったでしょ」

「すてき！」マリアンは叔母にかけより、やさしく彼女を抱いた。「会えてうれしいわ」

「ボスには手を焼いたわ」ウォードが車からバッグをとりだしているあいだに、リリアンがささやいた。「あなたが出ていってから数日間は、ふさぎこんじゃって食事もしなかったのよ」

「誰かの抵当権をまきあげればよかったのよ」マリアンはたんたんとした口調で言った。「すぐにご機嫌になれたでしょうに」

リリアンは声をあげて笑った。「口が悪いわね」

「なにがおかしいんだい?」ウォードがふたりに加わった。

「あなたの食欲のことを話してたのよ」

ふたりを残し、リリアンは家の中に入っていった。

「ぼくの食欲についてのきみの知識はたいしたものだ」ウォードがマリアンの目を見つめ、セクシーな低い声で言った。「気をつけないと、ほかのこともっと知ることになるよ」

「それを期待するのはやめてね」マリアンはそれだけ言うと、ウォードの熱い視線を避け、急いで中へ入った。

ウォードも続いて家に入る。「バドはどこだい?」

「誰か呼んだ?」書斎から明るい声がした。

挨拶《あいさつ》に出てきた男性を見て、マリアンは驚いた。ウォードと同じくらいの年齢だろうと思っていたのだが、ずっと若い。おそらく二十代後半だろう。からだつきはほっそりとしてしなやかで、なによりハンサムだった。肌はウォードと同じで小麦色だが、瞳はグリーンではなくブラウン、髪の色もブラウンだ。革のジャケットとジーンズがよく似合い、はっとするほどすてきだった。

「まだぼくの雄牛を捜しているのかい？」ウォードがとがめるようにきく。

「やあ、ウォード」バドは陽気な声で答えた。「どうやって見つけられるというんだい？秘書を何人も雇ったって、机の上を捜すだけで一週間はかかる」

「秘書といえば、彼女が新しい秘書だ。マリアン・レイモンド、こちらはバド・ジェソップ、ぼくのいとこだ」

「ああ、噂《うわさ》の彼女だね」バドは小声でつぶやくと、マリアンにウインクした。「はじめまして、ジョージアのかわいい小桃ちゃん。もちろん、自分の生まれたジョージアを誇りに思ってるんだろ？」

バドの調子のいい物言いが、ウォードには気に入らないようだった。目つきにそれが現れていたが、バドは気にもとめない様子だ。

「ええ、そうよ」マリアンはにっこり笑った。「ようやくお会いできてうれしいわ」

「それはぼくも同じだよ」バドは熱っぽく言うと、マリアンに近づこうとした。

「おい、バド」ウォードが彼にバッグを投げた。「これを客室へ持っていってくれ。マリアンは事務室を見たいだろうから」誰にもなにも言う間を与えず、マリアンの腕をとり、引きずるようにして事務室へ連れていった。

後ろ手にドアをばたんとしめ、怒りに身を震わせながら彼女をにらみつける。「あいつは結婚なんか考えてないぞ。だから本気にするんじゃない。あいつはいちゃつくのが好きなだけだ」

「わたしだって好きかもしれないでしょう」マリアンは言い返す。

ウォードは首を振りながら、ゆっくりとマリアンに近づいた。「違う、きみはそんなタイプじゃない。家庭的な女性だ。貞淑で目配りがきいて、家庭をもっとも大切に思うタイプだよ」

「わたしのことをよくご存じね」ウォードがじりじりと彼女に迫ってくる。マリアンはあとずさりした。椅子に足をとられて倒れそうになる。

「ああ、以前よりもずっとね」ウォードがさらに近づく。「逃げるのはやめろ。きみが本当にほしいのは、バドじゃなくてこのぼくだ」

マリアンは彼をにらんだ。「あなたって、ずいぶんうぬぼれが……」

ウォードがさっとマリアンをとらえ、抱きしめた。彼の瞳には欲情の炎が燃えている。

「続けろよ、最後まで言ってみろ」

ウォードがこれほどそばにいなければ、続けられただろう。だが彼のミントの香りの温かな息を感じ、かたちのいい唇を間近に見ては、もうできなかった。あの唇にキスしたい。

「事務室が」彼女は息を吸いこんだ。「ずいぶん散らかってるのね」

「そう、ごちゃごちゃしてる。ぼくの頭もそうだ。ぼくの生活も……。マリアン、ずっときみに会いたくてたまらなかった」

その告白が彼女の心を解きほぐした。彼女はウォードを見あげた。心臓が車のエンジンのようにぶるぶると震えている。彼女はウォードの顔が近づいてくるのを見つめた。

「唇を開いて、ぼくを味わうんだ」

マリアンは息をとめ、目を閉じた。ウォードの温かな唇を感じた瞬間、ドアをノックする音がして、ふたりはぱっと飛びのいた。

「なんの用だ？」ウォードが怒鳴った。

「リリアンがコーヒーとケーキを用意してくれた。ひと息入れないか？」若い男性の声だった。

「あいつをシチューに煮こんでやりたい」バドの笑い声が遠ざかるのを聞きながら、ウォードが言う。

「わたし、コーヒーを飲みたいわ」マリアンはためらいがちに言った。満たされない欲望にまだからだが少し震えている。

ウォードはマリアンの目をのぞきこんだ。「嘘《うそ》だろう。ぼくらはあのソファの上で愛しあうところだったんだ。あいつが割りこんでこなければ、今ごろ……」ついとマリアンから離れる。「コーヒーを飲みにいこう」彼はドアの前で立ちどまり、ノブに手をかけた。

「遅かれ早かれ、ぼくたちは愛しあうことになる。どちらもやめられなくなる」

マリアンはウォードの目が見られなかった。彼の言うとおりだったからだ。そもそもここへ来たのが間違いだった。それは誰のせいでもない、彼女自身のせいだった。


バドはウォードを徹底的にいらだたせる気でいるようだった。ことあるごとにマリアンとウォードのあいだに割って入る。マリアンが事務室でタイプを打っていると、いろいろ口実をつくっては部屋に入ってくる。彼女がウォードになにか尋ねることがあっても、ほんの少し言葉を交わしただけで、バドが口をはさむのだ。マリアンはそれをバドの悪ふざけだと思っていたが、ウォードは彼をライバルと見ているようだった。

それは他人の目からはおもしろい光景だったろう。ウォードはマリアンをひとりじめしたがり、彼女がそばにいるときには誰も寄せつけず、牧場のこと、牧場の将来の計画、成功を手に入れるまでの苦労話などを彼女にして聞かせた。仕事から夜遅く家に戻ったとき、彼がまっ先に会いたがるのもマリアンだった。彼女がどこにいても捜しだして、コーヒーやサンドウィッチ、ケーキなどを頼む。リリアンはそんなウォードの態度を喜び、彼が姪《めい》を見つめるまなざしを見てにやにやするのだった。

もちろんバドは、どんなときでもふたりのまわりをいたちのようにうろついていた。だがバドがついに用事で町を離れることになった。その夜ウォードは八時ごろ、おなかをすかせ、埃《ほこり》まみれで帰ってきた。

「サンドウィッチをつくってくれないか？」ウォードがリビングルームの入口に立って、やさしく声をかけた。

マリアンはジーンズに黄色のタンクトップを着て、ソファに座ってテレビを見ていた。リリアンはもうベッドに入っている。「ええ」彼女は靴を捜すこともせずに立ちあがった。ウォードは素足の彼女に興味を引かれた。「靴をはいてないと、田舎娘みたいだね」

彼の大きなからだのぬくもりを感じながらマリアンがウォードの前を通りすぎたとき、彼が言った。

「自分でもそんな気分よ」明るくほほえむ。

「コーヒーもいれてもらえるかな？」廊下から広々としたキッチンへ入ると、ウォードが頼んだ。

「お安いご用よ」マリアンはコーヒーメーカーのスイッチを入れ、にっこりとした。「スイッチを入れるだけでいいように、準備をしておいたの」

「ぼくの心を読んでるな」彼は椅子に腰をおろすと、長い脚をのばして別の椅子の上に載せた。「最近、一日が長く感じられる。年のせいかな」そう言ってあくびをする。「こんな調子だと、じきにきみはぼくの車椅子を押すことになるな」

「あなたはあきらめるタイプじゃないから、大丈夫。八十五歳になっても、女性を追いかけてるわよ」

ウォードは急にまじめな顔になり、グリーンの瞳を細めた。「八十五歳になっても追いかけたい女性はただひとり、きみだけだよ」

マリアンの胸は高鳴った。だが牧場に戻ってからは、彼の言葉をできるだけ軽く受け流すようにしていた。今回もいつものように答える。「まあ、うれしいことを言ってくれるわね」笑ってみせた。

「うれしい、か」ウォードが沈んだ声でつぶやく。

マリアンはサンドウィッチをつくり、テーブルに置いた。「きっとそのころには、わたしには孫が何人もいるわね。それから、夫はあなたに会うことに反対するでしょうね」

夫と一緒にいるマリアンなど、ウォードは考えたくもなかった。だがサンドウィッチのほうに無理やり注意を移し、食べだした。「明日タイスン・ウェイドの家に行かなければならないんだ。きみもエリンと双子に会いたくないかい？」

「でも仕事の話なんでしょ？　お邪魔じゃないかしら」

「きみが邪魔だなんて、とんでもない」その低い声には、とてもやさしい響きがあった。

「絶対にそんなことはないよ」

マリアンはほほえんだ。ウォードと一緒にいると、いつもからだがぞくぞくするのをおぼえる。彼は目に見えない網で彼女をとらえて放さないのだ。けれど最近、最初のころ彼が見せた激しい情熱とは違うなにかを彼の態度に感じる。今もそうだ。マリアンはそれを信じることに不安を感じながらも、心のどこかで信じたいと思っていた。

「どうだい？」ウォードは決して強引にならないよう、自分を抑えていた。マリアンを手放すことなどできない。この事実をウォードは自分でも認めていた。問題は、愛人にしようという下心などないことを、マリアンにどう信じさせるかだった。

やがてマリアンが答えた。「ミセス・ウェイドにはお会いしたいわ。本当のレディって気がするんだもの」

ウォードはくすりと笑った。「彼女と出会う前のタイスンを見せたかったよ。彼女はたしかにレディだね。あのアメリカライオンを手なずけるには、特別の女性が必要だ。明日会えば、わかるよ」

翌日の午後、マリアンはウォードのクライスラーに乗り、ウェイド家を訪ねた。ウォードはグリーンのストライプのポロシャツを着ていて、マリアンのほうもグリーンのパンツとストライプの袖《そで》なしのブラウスといういでたちだった。ふたりが同じストライプ柄を着ているのに気づいて、ウォードはなぜか気分が浮きたつのをおぼえた。

ドアをあけたのはエリン・ウェイドだった。ラベンダー色の花柄のワンピースを着ている。満面に笑みを浮かべた彼女は、お化粧をしていたらすばらしい美人だったろう。黒い髪は長くつややかで、グリーンの瞳はたいそう愛らしい。だが彼女は素顔で、清潔で無垢《むく》な田園の乙女のように見えた。

「まあ、ようこそ！」彼女は本当にうれしそうに言った。「ウォード、ようやく連れてきてくださったのね、会えるのをお待ちしていたのよ。はじめまして、エリンです。あなたはマリアンね？　息子たちにも会ってやってちょうだい」

「はじめまして。お噂はうかがってますわ」

「あら、ほんと？」エリンは笑った。

メイクをしていなくても充分に美しいとマリアンは思った。その美しさはきっと内面からにじみでてくるものなんだわ。明るくて愛らしくて、人を和ませるすてきな女性だわ。

「タイスンとは初めのころは最悪だったの。でも、あっという間にうまくいくようになったのよ。彼も結婚したことをそう後悔していないんじゃないかしら。双子もできたことだし」

「おむつを替えてるタイスンにお会いできるかな」ウォードがくすくす笑う。

「それならこっちへいらして」エリンはグリーンの瞳を輝かせて言った。

たしかに、タイスンはおむつを替えていた。大きなからだの堂々とした牧場主が、熊《くま》の模様の壁紙の、モビールのぶらさがる子供部屋で、にこにこ笑いながら脚をばたつかせている小さな赤ん坊のおむつを替えている。その姿には、心を打つものがあった。

「やあ、ウォード」タイスンは赤ん坊のぽっちゃりしたおなかの上でおむつのテープをとめながら、振り向いた。「マシューのおむつが濡《ぬ》れたから替えてるんだ」そしてベビーサークルに目をやる。そこにはもうひとりの赤ん坊がぽっちゃりした脚で危なっかしく立ち、両手でプラスチックの柵《さく》を握りしめて、柵の端をうれしそうに噛《か》んでいた。「ジェイソンはおなかがすいてるらしいな。ベビーサークルを食べてる」

「歯が生えかかっているのよ」エリンがジェイソンを抱きあげると、ジェイソンはうーうーと声をあげ、母親の肩をたたきながら「パパ、パパ、パパ」と繰り返した。

タイスンは顔をしかめている妻を見て、にやりとした。「彼女、気に入らないんだよ。赤ん坊はたいてい初めに覚えるのが〝ママ〟だろ。ところがうちはふたりとも〝パパ、パパ〟だからね」

「えらそうに」エリンは唇をとがらせた。「ゆうべあなたにゆっくり眠っていてもらおうと、夜中にこの子たちをあやし続けていたのは誰かわかってるのかしら?」

タイスンは妻に愛情たっぷりのウインクを投げた。マリアンがふと目をあげると、ウォードがマリアンを奇妙な目で見つめていた。グリーンの瞳がマリアンの平らなおなかの上をゆっくりなめるように動いてから、彼女の顔へ戻った。ウォードがなにを考えているかははっきりわかり、マリアンは思わず顔を赤らめた。彼の目は欲望でぎらぎらしている。マリアンの中でもふいに欲望が生まれて燃えあがり、彼女はそれを抑えるために顔をそらした。

「コーヒーはいかが？」エリンがふたりに尋ねながら、ジェイソンを夫に預けた。「ウォード、ベビーサークルを持ってきていただけない？　この子たちをそばに置いておきたいから」

ウォードがベビーサークルをたたもうとしたが、うまくいかない。タイスンが笑った。

「マリアンが坊主たちを抱いてくれれば、ぼくがやるよ」

「喜んで！」マリアンはふたりを抱いて、あやしながらリビングルームへ向かった。赤ん坊たちはぽっちゃりした小さな顔でにこにこ笑い、マリアンの顔や髪をあちこちさわった。

「なんてかわいいのかしら」マリアンは双子のまるまるとした頬と、髪が生えかけている頭にキスした。

「ふたりともぼくじゃなく母親のほうに似てよかった」タイスンはマリアンに言うと、ベビーサークルをセットしてから赤ん坊を受けとり、その中にふたりを入れた。

「いや、きみだってそう捨てたもんじゃないさ」ウォードがうなずきながら言った。「もっと醜いサボテンもたくさん見たことがあるからな」

タイスンがウォードをにらみつけた。「例の借地権がほしいなら、言葉を謹んだほうがいいぞ」

ウォードはにやっとした。「赤ん坊が自分に似なくてよかったって言ったのはきみだぜ?」

「覚えてろ」タイスンはぼそりと言うと、エリンがコーヒーをいれるのを手伝いに行った。

男性たちが仕事の話をしているあいだに、マリアンはエリンと赤ん坊のことやファッションのことをおしゃべりして過ごした。久々に楽しい午後だった。

「ウォード、ときどき彼女を連れてきてね」エリンが言う。「わたし、ここでは友達も少ないでしょう。ファッションの話なんかもっとしたいのよ」

「ああ、わかった」ウォードは約束し、タイスンと握手をして別れた。タイスンは車で出ていくふたりを見送りながら、まるでエリンが自分の一部でもあるかのように、長い腕で彼女の肩を抱いていた。

「あのふたり、とても幸せそうね」マリアンはつぶやいて、にわか雨が降りだして灰色になった景色に目を移した。雨と風のせいか、車の中にいても寒く感じられる。

「ああ、そうだね」ウォードはマリアンを見つめながら、車を農道に入れ、大きな樫《かし》の木の下でエンジンをとめた。「どうして車をとめたか、考えてみたいかい?」ゆったりとしたやさしい声で言った。「それとも、わかっているのかな?」

11

どうしてウォードが車をとめたのか、そんなことは考える必要もなかった。彼の顔を見れば、そしてストライプのシャツの下で激しく上下している胸を見れば、わかる。彼はとてもハンサムに見え、マリアンは目をそらすことができなかった。

甘美なひとときを本当にまた味わいたいのかどうか、自分でもわからない。けれど、抵抗する力はもはやほとんど残っていない。もし彼が執拗《しつよう》に迫ってきたら……。

ウォードが自分のシートベルトをはずし、それから彼女のシートベルトをはずした。

「それはよくないと思うわ」マリアンは言った。

「ほんとにそう思うのかい？　双子の部屋でぼくがきみのおなかをを見つめていたら、きみは赤くなったじゃないか。ぼくがなにを考えてるかわかってたんだろ」

ウォードは腕をのばして助手席のマリアンを抱き寄せ、彼女の唇を求めた。雨がガラス窓やボンネットをたたく音が、マリアンの血をかきたて、熱くした。

ウォードが彼女の柔らかな唇をやさしく小刻みに噛《か》む。大きな手がブラウスの上からマリアンの肌を撫《な》で、そしてブラウスの中の柔らかな胸をまさぐった。マリアンはたまらず身をそらせた。

「横になって」ウォードがささやいた。「こんなふうにふたりで楽しむのは久しぶりだ」ウォードはマリアンのまぶたにキスして、見開いた目をつぶらせた。こんなことをさせてはだめ。マリアンは心の中で叫んだ。これも彼にとってはただの遊びなのよ！

彼女は苦しげな声をあげ、ウォードの腕をはねのけた。ふいをつかれたウォードが一瞬呆然《ぼうぜん》としているあいだに、ドアをあけ、雨の中へとかけだした。ウォードの鋭い叫び声も、もう彼女の耳には届かなかった。

長い草がパンツの裾《すそ》を打った。なぜ走っているのか、どこへ行こうとしているのか、わからない。マリアンはすぐにウォードにつかまえられて、濡《ぬ》れた草の上に押し倒された。

「ハンターからは逃げられないよ」ウォードは荒い息をしながらマリアンの口をふさぎ、彼女の上におおいかぶさった。

激しい雨がふたりを打ち、からだを濡らす。こんなふうに横になり、こんなふうにキスするのが、マリアンにはたまらなく新鮮で、刺激的だった。服はびしょ濡れで、肌がひどく感じやすくなっている。

「裸でいるのと同じだよ」ウォードは迎え入れるように開いているマリアンの口に息を吹きこみながら、欲望を含んだハスキーな声でささやいた。「きみの肌が感じられる、きみのすべてが感じられる」

ウォードの手が、濡れて透けた布の上からマリアンの肌を撫でた。まるで直接肌にふれられているような錯覚にとらえられ、マリアンは吐息をもらしながら、ウォードの引きしまった背中や胸やヒップを愛撫《あいぶ》した。なにが起きているのか、どうして火がついてしまったのか、わからない。頭がまるで働かないのだ。雨に濡れているのに、からだが燃えるように熱い。彼女は牧場の静けさの中で、濡れたからだをウォードにすり寄せた。

ウォードはマリアンの口をむさぼり、大きな手で背中を撫でながら、彼女のからだを自分のからだにぴったりと押しつけた。その巧みな動きに、マリアンのからだはうずき、燃えあがった。ああ、彼はなにをどうしたらいいのか知っている……知りすぎている！

「やめろと言ってくれ」ウォードが荒い息をしながら言い、彼女の唇に舌を走らせた。

「放せと言ってくれ」

「できないわ」鼻の奥がつんとして、涙声になる。マリアンはウォードの濡れた広い肩に抱きついた。「あなたがほしい、ほしいのよ！」

ウォードはマリアンの顔中にキスの雨を降らせた。マリアンはプライドも捨て、ぼくにすべてを与える決心をしたのだ。そう思うと彼の喉もとに熱いものがこみあげてきた。マリアンを守りたい、温めてやりたい。死ぬまでこんなふうに抱きしめていたい。こんな思いは初めてだった。なぜか、全身がわなないた。

大きな手でマリアンの顔をはさみ、顔にそっと唇を押しあてた。「ぼくの子供を生んでほしい」震える声で言う。「タイスンの家できみがぼくの顔に見たのはそのことだった、だからきみはまっ赤になった、そうだろ?」

「ええ」マリアンはからだをぶるっと震わせた。

ウォードは欲望で瞳をぎらぎらさせながら、マリアンの大きな目をのぞきこんだ。「ここできみを抱くこともできる」静かに言う。「今、この場で愛しあうこともできる。誰も見ていないし、誰も聞いていない」

マリアンは息を吸いこみ、目を閉じた。わたしの負けだわ。彼がほしい。彼を愛している。「ええ」ウォードの耳に届くか届かないかの小さな声でささやいた。

ウォードは動かなかった。呼吸をとめているようだった。マリアンは目をあけ、ウォードを見た。彼の顔は歓喜に満ちていた。マリアンは呆然として目をしばたたいた。

「マリアン」ウォードはそっと言うと、身をかがめ、えもいわれぬほどやさしいキスをした。まず彼女の唇を味わい、次に頬に、額に、鼻に、目に唇を這《は》わせた。「かわいいよ。薔薇《ばら》とくちなしの香りがする。一生ずっと、ここでこうしていたい」

それは、抑えきれない情熱から出た言葉とは、少し違って聞こえた。マリアンはウォードのあごに手をふれた。

彼はマリアンのてのひらにキスして、興奮に肩を震わせながらも、にっこりした。「ずぶ濡れだよ」彼女のブラウスに目をやる。雨に濡れたブラウスは肌にぴったりと張りつき、乳房のかたちがあらわになっていた。

「あなたもよ」マリアンはうわずった声で言い、ほほえもうとした。

ウォードがブラウスの上から、彼女のかたくとがった乳首にふれた。「もう恥ずかしくないかい?」

「わたしの顔を見ればわかるでしょ」マリアンは小声で答える。

「ああ、わかるよ」雨は小やみになり、いまはぱらぱら降っているだけだ。ウォードはマリアンのブラウスの前を開いた。そして柔らかな肌を食い入るように見つめてから、頭をさげ、口づけした。

マリアンはウォードのほうへ胸をつきだし、甘美なキスの味を楽しんだ。

「きれいだよ」ウォードはマリアンの胸に頬でふれ、目を閉じて、その感触を味わった。

「これからは、ほかの女性を求めることも、ほかの女性と寝ることも絶対にしないよ」

マリアンは震えるからだにウォードのキスを受けながら、目を閉じて、彼の濡れた髪を撫でた。彼を愛している。彼がわたし以外の女性とは寝ないというのなら、そして、それが彼の与えられる最大のものなら、それで充分だわ。わたしは彼なしでは生きていけないのだから……。「わたしもほかの男性を求めたりしないわ」静かに答えた。

ウォードは冷たい頬をマリアンの頬につけ、吐息をもらして彼女を抱きしめた。風は微風に変わり、雨もほとんどやんでいる。

ウォードはマリアンから離れて、彼女の乱れた衣服を直してやった。濡れた髪をかきあげてやり、やさしく口づけしてから、彼女を抱きあげて車へ向かった。

「シートが濡れてしまうわ」

「かわまないよ」ウォードはマリアンの口に軽くキスしてから助手席におろし、シートベルトをしてやった。そして運転席に座り、マリアンの手をとった。

運転中もその手を離さず、彼は家に着くまでずっと片手で運転した。

リリアンが玄関口でふたりの姿を見つけ、眉をつりあげた。

「なにも言うな」ウォードはリリアンに警告しながら、マリアンを中に入れた。「ひと言もだ」

リリアンはため息をついた。「ひとりだけが濡れてるよりはましだわね」彼女はにっこりすると、キッチンへ戻っていった。

マリアンはウォードにやさしくほほえみ、それから服を着替えに二階へあがった。

その後、ウォードは緊急の電話がかかってきて急いで出ていってしまった。マリアンはリリアンの質問をかわしながら、家の中をぼんやりと歩き回り、彼の帰りを待った。だが寝る時間になっても彼は戻ってこなかった。

自分の部屋へ引きとってからも、マリアンは歩き回るのをやめなかった。不安だった。

これからどうしたらいいの？　あんなことがあった今、もうここを離れることはできない。ウォードはわたしがほしい、そしてわたしは彼がほしい。彼が結婚を言いだすことはないだろう。でも、彼もわたしのことを少しは気にかけてくれているし、わたしのほうはとうてい別れられないほど彼を愛しているのだから、結婚しない関係でも満足するしかないわ。

そして、ふと思った。ウォードはなぜ途中でやめたのかしら。わたしに愛人になることを決心する時間を与えようと思ったの？　でも、もしそうだったとしても、今心を決めなければ、彼とは永遠に結ばれないんだわ。

マリアンは白のレースがふんだんにあしらわれ、袖《そで》がエレガントなカーブを描くセクシーなネグリジェに着替えた。それから、髪がシルクのようにつややかに輝くまでていねいにブラッシングし、香水をつけた。鏡の中の不安そうなブルーの瞳をのぞきこみ、自分に言い聞かせる。わたしは間違ったことはしていないわ。

一時間ほどして、ウォードの車の音がした。彼の足音が階段をあがり、マリアンの部屋の前でとまった。ためらう気配がする。マリアンは息をとめてドアをあけ、ウォードを見あげた。

彼は飢えたようにマリアンを見つめた。「ぼくの前でそんなものを着てると、危険だよ」やさしく言ってほほえむ。

マリアンはプライドをのみこんだ。「あなたに抱いてほしいの」震えながらつぶやいた。

「ぼくだってきみを抱きたい」

　マリアンはドアを少し広くあけた。

「誘惑する気かい？」

　彼女はふたたびプライドをのみこんだ。「どうやって誘惑していいか、わたしにはわからないわ。だからあなたに誘惑してもらいたいの」

　ウォードはにやりと笑った。「避妊はどうするつもり？」

　マリアンはまっ赤になった。「それは……あなたにお任せできないかしら？」

「できないね」

　マリアンはますます赤くなる。

　ウォードは部屋の中へ入り、後ろ手にそっとドアをしめた。「こっちへおいで」マリアンを抱き寄せる。その顔は穏やかだった。「ぼくの望んでいるものはなんだと思う？」

「前にはっきりと言ったわね」マリアンは寂しそうに答えた。

「そう、ぼくがほしいのは……」ウォードの視線が、薄い布から透けて見えるマリアンのシルクのような肌をなめる。「きみが考えているとおりだよ。ベッドの中できみを心ゆくまで味わいたいんだ。でも、今夜じゃない」

　彼女は頭を少しかしげた。「疲れているの？」無邪気にきく。

　ウォードはにやりとした。「そうじゃない」

「わからないわ」マリアンはつぶやいた。

「わかるさ。これを見ればね」ウォードはポケットから箱をとりだした。黒いベルベットの小さな箱だ。彼はその蓋《ふた》をあけて、マリアンにさしだした。

指輪だった。大きくて美しいダイヤモンドのまわりを、小さなダイヤモンドの粒がとり囲んでいる。その横には細い銀色の指輪があった。

「婚約指輪だよ。これは左手の中指にはめる。細いほうの指輪は、結婚式でぼくがきみの薬指にはめるんだ」

ウォードがなにかしゃべっている。冗談を言ってるのよ、そう、冗談だわ！　でも指輪は本物のようだった。

マリアンはしばらく指輪を見つめたのち、うるんだ瞳をあげてウォードを見た。「結婚したくないんでしょ？　あなたは束縛されたくないし、女性を嫌っている。女性はみんな嘘《うそ》つきで、欲張りだと思っているのよね」

ウォードの顔には笑みがあった。彼はマリアンの頬を指でゆっくりなぞった。「結婚したい。きみと一緒に人生を歩みたいんだ」

それが彼の結論だった。マリアンの目から涙があふれ、頬を伝って喉もとに落ちた。

「おやおや」ウォードはやさしく言うと、彼女の涙をキスでぬぐった。

「わたしと結婚したいの？」彼女は震える声で尋ねた。

「そうだよ」ウォードがほほえみながら答える。

「本当に?」

「本当さ」ウォードはマリアンの髪をかきあげ、グリーンの瞳で彼女の顔をやさしく見つめた。「これほど愛してくれている女性を手放すとしたら、ぼくは大ばか者だよ」

マリアンは凍りついた。彼はゲームをしているのかもしれないわ。わたしを手放さないために悪質な嘘をついているのかも……。

「今日やっとわかったんだ」ウォードはやさしい口調で話しかけながら、マリアンを抱き寄せた。「雨の中で、きみは無条件にぼくに自分をさしだしてくれた。愛していなければ、きみは絶対にそんなことはしない。それがわかったから、ぼくは途中でやめたんだ。ぼくたちが初めて結ばれるというのに、地面の上では惨めすぎるからね」

「でも、でも……」マリアンは言葉を探した。

「でも、ぼくはきみをどう思っているかって?」ウォードはかすかに震える人さし指で、そっとマリアンの唇にふれた。「わからないのかい?」

彼のまなざしが、表情が、すべてを語っていた。マリアンの胸は高鳴る。けれどやはり、言葉で確認したかった。

「言ってちょうだい」マリアンはささやいた。

ウォードは彼女のあごを持って、顔をあげさせた。「愛してるよ、マリアン」そしてマリアンの口をキスでふさいだ。「こんなに愛している……」

愛の深さを示そうと、ウォードは長いあいだ彼女に口づけしていた。ノックの音に気づいてようやく唇を放したとき、ふたりはベッドの上にいた。マリアンのネグリジェはすでにウエストまでさげられ、ウォードは途中でやめるのが死ぬほどつらくなっていた。

「ボス、おやすみの時間ですよ」リリアンがドアの向こうで叫んだ。ふたりの様子がおかしいのに気づいて来たのだ。「マリアンはまだ育ち盛りだから、睡眠が必要なんです」

「ああ、必要なのは睡眠なんかじゃないのに」マリアンは不満そうに言い、ウォードはつきあげるような欲望を抑えながらも笑った。

「わかったよ、将来の義理の叔母さん」彼が叫び返す。「あと少しだけ。おやすみを言うだけだから」

「結婚するの?」リリアンが歓声をあげた。

「まあ、そんなところだ」ウォードはマリアンに笑いかけた。「リリアン、自分のおせっかいが実を結んでうれしいだろ?」

「そりゃあもちろん！　では将来の義理の叔母として命令します。部屋から出なさい！　でないと明日の夕食がどうなるか……」

ウォードはしぶしぶ立ちあがり、マリアンの指がはずしたシャツのボタンをかけた。

「かわいいよ」マリアンがネグリジェを引きあげるのを見つめながら、ささやいた。

「あなたもすてきよ」

「出てこないなら、こっちが入ります」リリアンが兵士のような口調で叫んだ。

「おやすみを言うのに三十分もかかりますか？　数を数えますよ、一、二、三……」

「おやすみを言う時間ももらえないのかい？」

ウォードはため息をついた。「おやすみ、ぼくのマリアン」

マリアンは素早く彼にキスをした。「おやすみなさい」

ウォードは最後にマリアンの顔を見つめてから、ドアをあけた。

「……十四！」

マリアンは枕《まくら》にもたれて、部屋の外のふたりの陽気な会話を聞きながら、ふたつの指輪を見つめていた。

「おめでとう、そして、おやすみ！」リリアンが声をかけた。

「おやすみなさい、そして、ありがとう！」

「いやいや、お礼なんかいらないよ！」ウォードがドアから顔をのぞかせる。

「入っちゃいけません！」リリアンが彼を廊下へ引き戻した。

やがてひとりになったマリアンは、心の中でつぶやいた。夢じゃない。彼もわたしを愛している。わたしたちは結婚して、ともに生き、ともに愛し、ともに子供をつくる……。

マリアンは眠ろうと、目を閉じた。喜びと感動とで全身が熱かった。

12

翌朝、マリアンは指にはめた指輪を見て初めて、ゆうべの出来事がただの美しい夢ではなかったことを実感した。朝食にダイニングルームへおりていくと、今までとは違う新しいウォードが待っていた。

彼はためらわずにマリアンのそばまで来て、笑みをたたえた彼女の唇にやさしくキスをした。

「現実なんだね」グリーンの瞳が、青いサンドレスを着たマリアンをまぶしそうに見つめる。「夢かもしれないと思ってたんだ」

「わたしもよ」マリアンはウォードの胸の温かな筋肉にそっと指を走らせた。その筋肉が自分の一部のように感じられ、彼にふれたり、見つめたりすることに後ろめたさはなかった。「ほんとにわたしのものなの?」声に出してきいてみた。

「ああ、一生ね」ウォードはマリアンを抱き寄せた。「こんなふうになるとは思ってもみなかった。キャロラインと別れてからは、女性を愛することも信じることもできなかったのに。きみが現れてぼくを川に落としたあの晩から、ぼくの心はかき乱されっぱなしだった。きみをどうしようもなく愛してしまっていたのに、それでもぼくは、自由だと思おうとしていたんだ」

ウォードの声の深く甘い響きに、マリアンの全身がほてった。「アトランタではとても惨めだったわ。毎日、あなたに会いたくて……。ひとりぼっちの生活になんとか慣れようとしたんだけれど」

「愛人になるように頼むなんて、ぼくはどうかしてた」ウォードはため息をついた。「あのころはまだ、精神的なつながりがどういうものか、よくわかっていなかったんだ。だからタイスンのことが話題になるたびに腹をたてていた。彼は結婚してすっかり変わってしまったからね。でも今ならわかるよ。タイスンはエリンへの気持ちに気づいたとき、今のぼくと同じことを感じたんだろうね」

マリアンは柔らかな吐息をもらし、愛をたたえた瞳でウォードを見た。「わたしも今ならわかるわ。ここを出ていってから、からだを半分もぎとられたみたいに感じていた理由が。アトランタに帰ったのは間違いだった」

「ぼくがきみを追いかけたのはなぜだと思う?」ウォードは乾いた声で問いかけた。「きみのいない暮らしに耐えられなかったからさ。でも、ぼくはそれを認めようとはしなかった。きみが蛇に噛《か》まれそうになったとき、ようやく気づいたんだ。きみにもしものことがあったら、ぼくはもう生きていられないってね」

深くハスキーな声で語られるウォードの言葉が、マリアンの胸にしみとおった。「わたしもよ。あなたなしでは生きていけないわ」ささやくように言い、ウォードの目をのぞきこんだ。「ほんとにわたしたち、結婚できるの？」

「もちろんさ」ウォードの顔が彼女に近づく。「ともに暮らし、ともに眠り、ともに家庭を築き……」

マリアンの唇はウォードのキスを待ちわびるようにかすかに開いた。そのときリリアンが朝食を運んできて、ふたりに向かってにやりと笑いかけた。ウォードはリリアンをにらむ。

「きみのせいだぞ。きみさえいなければ、ぼくはあと何年も野生の狼《おおかみ》みたいな生活が送れたのに」

「どういたしまして」リリアンはにっこり笑った。「礼にはおよびませんよ」

リリアンは笑いながらキッチンに消え、ウォードは苦々しそうに首を振ると、マリアンをテーブルへ連れていった。

結婚式はその一週間後だった。祖母のミセス・ジェソップと妹のベリンダも列席し、誇らしげな顔のリリアンをはさんで席に座っていた。

「すてきなひとね」ベリンダが小声で言う。「あのひとなら兄さんをすっかり変えてしまうんじゃないかしら」

「もう変えてしまっているよ」ミセス・ジェソップがにやりとする。「わたしもあの娘《こ》、好きだね」

「ほんとによかった」リリアンが言った。「わたしは最初から、ふたりがお似合いの夫婦になると思ってましたからね」

「そんなに自慢することはないわ」ベリンダが言う。

「そうさ」ミセス・ジェソップが鼻を鳴らした。「あんたがキャロラインなんて女をウォードとくっつけようとしたのを、わたしが忘れているとでも?」

リリアンはむっとした顔になった。「それはわたしではなくて、ベリンダですよ」

ミセス・ジェソップがリリアンの隣で小さくなっているベリンダをにらみつけた。「ほんとかい?」

「偶然だったのよ」ベリンダは小声で弁解した。「わたしを捨てたボブ・ホイットマンに、仕返しのために彼女を紹介するつもりだったの。でもボブに会う前に家に寄ったら兄さんに会っちゃって。兄さんには悪いことをしたと思ってるのよ」

「それもこれも過去のことです」リリアンがとりなした。「結局、ボスはぴったりの女性を手に入れたんですからね」

「それはそうだね」ミセス・ジェソップがうなずいた。「これでベリンダが落ち着いてくれたらなにも言うことはないんだけどねえ。次々にボーイフレンドはできるけど、誰とも本気にならないんだから」

リリアンがベリンダに目をやった。ベリンダはウエディングドレス姿で通路を進むマリアンを見てため息をついている。どうやらリリアンの次の目標は決まったようだった。

結婚式は短く、心温まるものだった。牧師がふたりが夫婦になったことを宣言したとき、マリアンの目から涙があふれた。ウォードはその涙をキスでぬぐった。

花嫁のブーケをとったのはリリアンだった。みんながくすくす笑うので、彼女は少女のように顔を赤らめた。列席者たちが米粒を投げ、ふたりを送りだす。その中にはタイスンとエリンもいた。

「やっとふたりきりになれたね」ウォードはマリアンを見つめてほほえんだ。

「ほんと、永遠に待たされるかと思ったわ」マリアンはため息をついた。「これからどこへ？　わたし、尋ねなかったけど」

「タヒチだ」ウォードがゆっくりと言った。「きみが結婚を承諾してくれた翌日に申しこんでおいたんだ。明日の朝、サンアントニオ空港から飛びたつ」

「今夜は？」ウォードの表情を見て、彼女は顔を赤らめた。

「ぼくに任せて」ウォードはやさしく、つぶやくように言った。

一時間ほどで、ウォードの運転するクライスラーは市街の大きな高級ホテルへ着いた。彼が予約していたのはハネムーン用のスイートだ。マリアンは部屋を見て目を丸くした。巨大なベッドがベッドルームを占領していたのだ。ウォードがボーイにチップを払い、ドアに鍵《かぎ》をかけるあいだ、彼女は入口で呆然《ぼうぜん》と立ち尽くしていた。

「ベッド、大きいのねえ」

「それに、置き場所もなかなか考えられてる」ウォードは笑いながら言うと、旅行用の麻のスーツを着ているマリアンを抱きあげた。「愛していると言ったかな?」

「ええ、何度も」

「これから一時間ほどのあいだ、また何度もその同じ言葉を聞かされることになると思うけど、かまわない?」ウォードはマリアンの口もとにささやくと、彼女をそっとベッドにおろした。

マリアンは嵐《あらし》のような激しさを予想していた。だがウォードのやり方はとても自然で、なめらかだった。マリアンは彼に服を脱がされたときも、緊張しないですんだ。

「ここまでは経験ずみだね」ウォードは自分も服を脱ぎ捨てると、マリアンのそばに横たわった。「ここからが本番だ。でもきみに痛い思いはさせないよ。怖がることはないからね」

マリアンはウォードを見あげた。「あなたを怖がることなんかできないわ」

ウォードは彼女の唇にキスした。「あの雨の午後のように、きみのすべてをぼくにくれるかい?」

牧場の静けさ、降りしきる雨、彼の手の甘い感触、熱く激しい彼の唇……。それらがマリアンの中でまざまざとよみがえり、ふいにからだからも心からも壁がとりのぞかれて、彼女はウォードが驚くほど大胆に、自分をさしだした。

いよいよふたりが結ばれるとき、ウォードはマリアンの痛みを考えて一瞬ためらった。だがマリアンはウォードの唇をねだりながら、かすかに声をあげただけだった。

「さあ、お願い……」

「マリアン」ウォードはうめいた。彼の両手が彼女のヒップに食いこむ。そして、彼はマリアンの一部になり、彼女はウォードの一部になった。ふたりは重なり、愛しあい、結ばれた。

「マリアン!」

マリアンはウォードとともに、彼に導かれるまま、教えられるまま、信じられないような甘く親密な旅に出発した。使ったことのない筋肉を使い、あとで思いだしたら赤面しそうな言葉を彼にささやき、彼にからだのすべてを預け……。愛のもっとも甘美な瞬間が、その神秘のベールを脱いで、今彼女の前に姿を現した。初めての経験にもかかわらず、強烈なエクスタシーが彼女を襲った。

マリアンは満ちたりて、ゆったりと横たわり、シーツの下で彼の胸に顔をうずめていた。「愛している」この言葉が今でも奇跡であるかのように、ウォードが言った。「これからもずっと」

「わたしも。愛しているわ」マリアンは彼の胸を指先で撫《な》でた。「そういえば、バドは結婚式に来なかったわね」彼女は顔をしかめ、それからぱっと起きあがった。「この一週間、わたし、ぼんやりしていて……。バドはずっと家にいなかったわ」

「いなくなって一週間だ」ウォードはにやりとした。「きみをタイスンの家に連れていった日から、ずっといないよ」

「信じられない、全然気がつかなかったなんて」

「いいよ、ぼくは気にしないよ」ウォードはマリアンの手を引いてベッドに横にならせた。

「彼、今どこにいるの？」

「ちょっとした旅行に出てるんだ。例の牛を種つけ用にモンタナ州の牧場に貸した、とあいつに言ったら、捜しに出かけてしまったんだよ」

「捜しに？」

「牧場の名前は言ってない。教えたのは州の名前だけさ。モンタナにはいくつも牧場があるからね」

「まあ、悪い人！」

ウォードは彼女を自分のからだの上に乗せると、満面に笑みを浮かべた。「バドはぼくの邪魔ばかりしてきたんだから、当然の報いさ。きみと無事結婚できるまで、あいつを近づけたくなかったんだ」

「まさか、嫉妬《しっと》してたんじゃないでしょうね?」

「いつも嫉妬してたよ」ウォードは彼女の髪のひと房を手でもてあそんだ。「きみをあいつに横どりされたくなかった。心配ないよ、あいつもそのうちにわかるだろう」

「きかないほうがいいと思うけど……なにがわかるの?」

「あの牛があいかわらずうちの牧場にいるってことさ」

「まあ。バドになんて言うつもり?」

「勘違いしてたって、それだけだよ」ウォードはにやりと笑った。

マリアンは口を開こうとしたが、ウォードのキスで口をふさがれてしまった。そこで彼女は目を閉じ、彼に応《こた》えた。外では柔らかな雨が降っている。こんなにやさしい雨音を聞いたのは初めてだわ、とマリアンは思った。

●本書は、1997年8月に小社より刊行された作品を文庫化したものです。

熱いレッスン
2023年11月15日発行　第1刷

著　　者／ダイアナ・パーマー
訳　　者／横田　緑（よこた　みどり）
発 行 人／鈴木幸辰
発 行 所／株式会社ハーパーコリンズ・ジャパン
東京都千代田区大手町 1-5-1
電話／03-6269-2883（営業）
0570-008091（読者サービス係）
印刷・製本／中央精版印刷株式会社
表紙写真／© Andersonrise | Dreamstime.com

ISBN978-4-596-52838-4

10月27日発売

ハーレクイン・シリーズ 11月5日刊

ハーレクイン・ロマンス

愛の激しさを知る

路地裏で拾われたプリンセス　ロレイン・ホール／中野　恵 訳

捨てられた花嫁の究極の献身　ダニー・コリンズ／久保奈緒実 訳
《純潔のシンデレラ》

一夜の夢が覚めたとき　マヤ・バンクス／庭植奈穂子 訳
《伝説の名作選》

街角のシンデレラ　リン・グレアム／萩原ちさと 訳
《伝説の名作選》

ハーレクイン・イマージュ

ピュアな思いに満たされる

シンデレラの十六年の秘密　ソフィー・ペンブローク／川合りりこ 訳

薔薇色の明日　レベッカ・ウインターズ／有森ジュン 訳
《至福の名作選》

ハーレクイン・マスターピース

世界に愛された作家たち
〜永久不滅の銘作コレクション〜

目覚めたら恋人同士　ペニー・ジョーダン／雨宮朱里 訳
《特選ペニー・ジョーダン》

ハーレクイン・ヒストリカル・スペシャル

華やかなりし時代へ誘う

侯爵と雨の淑女と秘密の子　ダイアン・ガストン／藤倉詩音 訳

伯爵夫人の出自　ニコラ・コーニック／田中淑子 訳

ハーレクイン・プレゼンツ作家シリーズ別冊

魅惑のテーマが光る極上セレクション

愛は一夜だけ　キム・ローレンス／山本翔子 訳

11月10日発売　ハーレクイン・シリーズ 11月20日刊

ハーレクイン・ロマンス　愛の激しさを知る

王の血を引くギリシア富豪　シャロン・ケンドリック／上田なつき 訳

籠の鳥は聖夜に愛され　ナタリー・アンダーソン／松島なお子 訳
《純潔のシンデレラ》

聖なる夜に降る雪は…　キャロル・モーティマー／佐藤利恵 訳
《伝説の名作選》

未来なき情熱　キャサリン・スペンサー／森島小百合 訳
《伝説の名作選》

ハーレクイン・イマージュ　ピュアな思いに満たされる

あなたと私の双子の天使　タラ・T・クイン／神鳥奈穂子 訳

ナニーと聖夜の贈り物　アリスン・ロバーツ／堺谷ますみ 訳
《至福の名作選》

ハーレクイン・マスターピース　世界に愛された作家たち ～永久不滅の銘作コレクション～

せつないプレゼント　ベティ・ニールズ／和香ちか子 訳
《ベティ・ニールズ・コレクション》

ハーレクイン・プレゼンツ作家シリーズ別冊　魅惑のテーマが光る極上セレクション

冷たい求婚者　キム・ローレンス／漆原　麗 訳

ハーレクイン・スペシャル・アンソロジー　小さな愛のドラマを花束にして…

疎遠の妻から永遠の妻へ　リンダ・ハワード他／小林令子他 訳
《スター作家傑作選》